DES

FELIPE FRANCO
MUNHOZ

IDENTIDADES

Na saúde e na doença, para

Maria Helena e Walter Munhoz,
Eliane Lucina, Eduardo Lago,
Ana e Carlos Augusto Lucina,
Nikolas Kim,
Olavo Pires de Camargo,
Sabrina Guinness e Tom Stoppard —

obrigado.

Personagens

Pianista
Suposto Mefistófeles
Coro *de mancos*
Camila, punk?
Fausto
Suposto Mefistófeles jovem
Menina adolescente
Mulher jovem
Thérèse
Nastassja?
Porteiro *do Castelo*
Mefistófeles
Caronte
Charlotte

Chuva. Escutam-se, desde o foyer*, espessos pingos atingirem o telhado do teatro. Plateia acomoda-se. Ruído cessando, cessando; cortinas abrindo-se. Começa a tocar Beethoven:* Sonata para piano n. 17 em Ré Menor, Op. 31, n. 2, Der Sturm: 3. Allegretto. *São Paulo, 2015. Quarto. Uma estante de livros cruza toda a extensão do palco. Dentre os livros, um grande globo luminoso – apagado. À frente, uma cama de casal* king size. *Uma escrivaninha: computador, impressora, papéis; relógio digital. No canto oposto à cama, piano e pianista. A sonata dura 6'45". Ao término da última nota, blecaute. O palco reacende sem piano e sem pianista. Entra, mancando, Suposto Mefistófeles (a cada passo, ele geme Ai); acompanhado do Coro, que, à semelhança, por exemplo, de* Édipo Rei*, de Sófocles, pode ser interpretado como se fosse a sua consciência.*

AutoAuschwitz

Outrora uma perna, a direita; um trem, outrora
veloz – e foi tão repentino, o trem Cargueiro:
meus passos arrastam caixões de ratos, chumbo.
A perna direita, uma âncora, concreto;

farpados arames em árvore neural

(os ramos internos são galhos putrefatos,
são fartos de ganchos com frutos venenosos),
sem folhas, acácia de outono, a qual transcrevo
no ritmo das sílabas tônicas: agulhas,

fa*ca!*das em *ca!*da cru*el!* exclama*ção!*

A perna direita, um poleiro de aves mortas;
o gato de Poe, confinado, que respira
agônicos últimos sorvos rarefeitos –
o bicho aproveita ridículos suspiros.

Por dentro, penumbra, constante funeral;

por dentro, esta perna pendura estearina
(os nervos da perna são velas derretidas) –
ao fim, condenada, cavando a própria vala,
incônscia: o meu corpo, o meu campo de
extermínio.

Trisco nas teclas
QWERTYU –
como se fossem as teclas, marfins,
de um piano

(como se fossem os dentes *Ré, Mi,*
como se fossem as trombas, pulmões
de mastodonte
estertorante);

como se fossem, de trompa infeliz
(como se fossem, de artéria), pistões;
como se fossem, também, de oboé,
(obscenas) chaves.

Pois elas são, desta vida, a razão.

Lanço-me às teclas
ASDFG – com fervor,
como se fossem rosário, fuzil;
como se fossem martelo, cinzel.

Uno-me às teclas –
como se as teclas, falanges da mão;
como se vigas do berço final:
da minha campa.

Outrora um trem veloz, um trem possível,
traçava mapas sobre férreo trilho
_ _ _ _ _ _ _ _ _ _ _ _ _ _ _ _ _ _
firme trilho –
desfez-se feito nuvem solta ao vento:
castelo frágil, carta-carta-carta-
e carta-carta-carta-carta-carta;
vem o sopro.
E sobra Nada. Sobra asfalto Inferno,
asfalto qual flagelo, puro vidro.

Aqui, nenhuma relva cobre a estrada.

Aquiles, eu – flechado em cada passo –,
parece-me que piso em tesa língua
Erdolchen Leiden Hölle Pein Angst Quälen,
fonemas duros: cacos, cancros, pontas.

Aqui, nenhum remédio forja graça.
Aqui, meu lasso abraço é vasta bile.

Começa a tocar Miles Davis: Right off. *Entra Camila. Abraço. Beijo. Conversam, mas a música sobreposta. Em 1'37", quando o volume naturalmente reduz, compreendemos Suposto Mefistófeles:* Vinho? *e Camila:* Ã-ham; *Suposto Mefistófeles:* Tinto? *e Camila:* Ã-ham. *Ele abre uma garrafa, pega taças. Brindam. São namorados e logo estarão na cama. Em 3'11", a música submerge em* fade out.

Esfinge

Imerso em melífluo mar, labirinto
com mil tatuagens: traços,
desenhos: nos dedos, l-i-f-e; aliança;
mandalas; caveiras; ábaco; laço
Decifra-me ou te devoro –
são riscos (imerso, mas superfície) –
Decifra-me, a flor da coxa
pirâmide; estrelas; disco; palavra
cirílica sobre o pulso
Decifra-me, as letras: буря.

Porém, não viria ao caso,
pralém das texturas leves,
descer, longe, em cada avesso.
Decifra-me, inteira, agora
Camila, descer é triste:
falar, dissecá-la duplos, Camilas,
cavando-lhe uma caverna,
mostrando-lhe o verso corpo
Decifra-me, a vera fera
e cores que moram só nas pupilas.

Durante a frase derradeira, o palco vai desaparecendo na escuridão. Retorna a música Right off, *em* fade in, *a partir de 4'05" – e permanece tocando por mais um ou dois minutos, até extinguir-se em* fade out.

Fausto (que é mulher, mas em trajes – e corte de cabelo – semimasculinos), Coro e Suposto Mefistófeles em vagão de metrô. O vagão é representado integrando o quarto, no canto oposto à cama. Estrépito de metrô em movimento.

Fausto

1. Mal-entendido

Mas, ora, ora: o Manco.
Procuro à lupa – eras;
agora, quem diria,
(sentando-se ao meu lado no metrô)
estamos flanco a flanco.

Pois não?
Por quê?
(Sem tino, a breve-nula reação.)

No pé direito, um calço
disfarça a vossa pata.
Cifé,
eu vi. No frio, nos olhos
tão velhos quanto a morte –
são olhos de outro corpo,
são feitos de ouro exausto.
Diá,
eu sei.

Amiga, não entendo.

Formal:
meu nome, claro, Fausto.
(E ri; pensei De Marlowe, Goethe ou Mann?)

Deboche? Embora moça,
no rés,
eu já roí o mundo,
provei,
eu já sorvi da fruta;
ruí,
eu fui ao triste fundo,
feroz,
e trouxe a força bruta.

(Defesa, medo?, ação!, instinto, apuro, mágica,
dobrou-me o rosno, a tropa: alexandrino clássico.)
Resolve ameaçar o Cujo Mefistófeles?

Perdão, senhor Diabo.
Sinhô.
(Tirava, de seu bolso, a convenção.)
Da sombra às vossas ordens,
Patrão,
disponde: servo humilde
no detto Malebolge*;*
Barão,
em troca, apenas pouco:
desejo um cetro: o sexo
que me pertence, inverso.

Tenciona usá-lo?, aplique.

Demais:
foder aquela vulva.

(Reprimem rédeas, brusco, e *Sumaré*,
alerta-nos mulher sem vida: a Voz.)
Aquela quem? Helena?

De Troia? Tss. A Lotte.
(Surgindo, em suas mãos, um bisturi.)
Caneta, nem aduzo;
pois tinta vem do pulso.

Vencido. Em casa; desça.

Blecaute e começa a tocar Kris Kristofferson: The silver tongued devil and I*; a partir de 2'02", até o final.*

O vagão desapareceu.

2. Silver tongued devil

SUPOSTO MEFISTÓFELES (*aparte*)

Espírito que nega ou carne afirmativa?

Volta-se para Fausto.

Dispensa, o nosso pacto, o nosso trato, facas.
Em baixo-baixo-ventre, eu planto imenso membro –
e faz papel de sangue, o mais cruel dos sêmens.

FAUSTO

Ai de mim!,
logo o Rei
da Mentira.

SUPOSTO MEFISTÓFELES (*aparte*)

Do *Mentiras*.

FAUSTO

Não trapacearíeis?, não?
(*aparte*) Socorro, senso!

SUPOSTO MEFISTÓFELES

Anseia, louco – ou louca? –, *erectus* novidade;
não anseia?

FAUSTO

Louco! Louco!

SUPOSTO MEFISTÓFELES

Louca, Doutora Fausto: ainda falta o cetro,
robusto fruto içado após selvagem sexo.

FAUSTO

Mas eu sou –

SUPOSTO MEFISTÓFELES

Perfeito ato; um dia – aguarde e Bom proveito!

FAUSTO (*tirando a roupa*)

Ai de mim!
Qu'esta vil canoa vire veleiro,
pois; com bravo mastro, além da cidade,
nuvens, lua – Lotte, enfim, satisfeita.

SUPOSTO MEFISTÓFELES

Primeiro às nuvens, nós. Pacto!, ao trato!
(*aparte*) Inocente.

Blecaute e começa a tocar Milton Nascimento:
Encontros e despedidas*; em 2'04"*, fade out *–*
simultaneamente, preparando as próximas sensações,
Milton mescla-se com Miles Davis: Bitches Brew
(fade in*); a partir de 37", até 2'11".*

sertão nenhum ruído em plena praça
vazia sempre tão voraz inquieta
nenhuma voz confusa passa nada
abri o livro um livro invicto rosa
agora nu porque na pressa a capa
desfeita mas na capa havia cummings
poeta aqui no topo desta escada
alcei meus pés à ponta corpo rijo
flutuam sobre minhas mãos palavras
parece até que oferto livro verso
no altar sem deus somente aguardo chuva
carrega tinta e mágoa aquela nuvem
aguardo
aguardo
a chuva
e ela chega
silente e não com água descem pontos
parêntesis
    vírgulas
        traços
           descem fartos

, , :
. , ;
( ) , .
, , –
, ?,
; , , ,
–; , .
, :
,
(, ,
, ,).
, .
.

–
: .
. . ,
,
,
,
.

Sertão nenhum ruído em plena praça:
vazia Sempre tão voraz inquieta
nenhuma voz confusa passa nada.
Abri o livro um livro invicto rosa
agora nu porque na pressa a capa
desfeita mas, na capa, havia cummings,
poeta aqui no topo desta escada
Alcei meus pés à ponta corpo rijo
flutuam sobre minhas mãos palavras
parece até que oferto Livro Verso
no altar sem Deus somente aguardo chuva
Carrega tinta e mágoa aquela nuvem
Aguardo
Aguardo
a chuva
e ela chega
Silente E não com água Descem pontos
parêntesis
vírgulas
traços
descem fartos

Sertão, nenhum ruído, em plena praça:
vazia. Sempre tão voraz, inquieta;
nenhuma voz (confusa) passa, nada.
Abri o livro, um livro invicto, rosa –
agora nu porque, na pressa?, a capa
desfeita; mas, na capa, havia cummings,
poeta –; aqui, no topo desta escada.
Alcei meus pés à ponta, corpo rijo:
flutuam sobre minhas mãos, palavras
(parece até que oferto Livro, Verso,
no altar, sem Deus, somente aguardo chuva).
Carrega tinta e mágoa, aquela nuvem.
Aguardo.
Aguardo
a chuva –
e ela: chega.
Silente. E não com água. Descem pontos,
parêntesis,
        vírgulas,
                traços,
                    descem fartos.

Para o poema sonho *(de Suposto Mefistófeles), que pode ser interpretado com evidente atropelo de pontuação, uma tela translúcida interpõe-se, no proscênio, entre quarto e plateia – criando certa ilusão onírica. Para o poema* Noite *e para o poema* Chuva, *os sinais gráficos aparecem projetados na tela (durante o poema* Noite, *a tela fica negra e opaca). No decorrer do poema* Despertando, *interpretado com a cadência adequada, a tela sobe devagar. No canto oposto à cama, piano e pianista. A interpretação oral do poema* Realidade? *relaciona sinais gráficos a notas musicais.*

vírgula	*dó colcheia*
dois-pontos	*ré semínima*
ponto	*mi semibreve*
ponto e vírgula	*fá semínima*
parêntesis	*sol contínuo – até fechar*
travessão	*lá mínima*
interrogação	*si semibreve*

O poema seguinte, Fausto 3. Pós-farsa, *é um número musical de Suposto Mefistófeles.*

3. Pós-farsa

Poco Alegretto.
Singstimme.
PIANOFORTE.
Es
Qui-
war einmal ein Kö_nig, der hatt' ei_nen grossen Floh, den liebt er gar nicht we_nig, als
-çá, pós-far sa im pu_ne— sem máscu_lo mastro, pau—, pos tu le a própria mor_te, a
wie sei_nen eignen Sohn. Da rief er seinen Schneider, der Schneider kam her_ an: Da,
tris te, i_no cente, flor. Mal sin to algu ma cul pa: eu nun ca sou be a_ mar. Sou
miss dem Junker Klei_ der, und miss ihm Ho_sen an!
tre va que de vo_ ra, fa min ta, o ro_sei ral!

In
Ca-
cresc.
fp
p
Sammet und in Sei_de war er nun an_ge_ tan, hat_te Bänder auf dem Kleide, hatt' auch ein Kreuz da
valga, humana pa_ta; lan ci na, a van_te, dor — ca_da vez mais curto, o passo: na val sa in fér til
sfp
ran, und war sogleich Mi_ni_ster , und hatt einen grossen Stern, da wurdenseine Ge_schwister bei
fui tão fal so e tão si _ nis_tro; Me fis to ne fas to, sim. Pois, sempre um triz do inferno ca
f
pp
sf
Hof ' auch grosse Herrn.
ti va tu do ao fim.
tr
sf

Und Herrn und Fraunam Hofe, die wa_ren sehr ge_
Cau te la: en gu lo o can to, pois já dis tin go,
cresc.
sfp
pp
plagt, die Kö_ni_gin und die Zo_fe ge_ stochen und ge_ nagt und durften sie nicht knicken, und
lá, ti gre_sa, mu lher, Ca mila — em quem ves ti si_ nais. Es cor rem pe la te la da
sfp
sfp
p
pp
f
Chor.
wegsie jucken nicht. Wir knicken und er_ sticken doch, doch gleich, wennei_ner slicht. Wir knicken und er_
pe le, estradas, vãos De cifra-me ou de_ vo ro, qual ca de la, to do o cão. De cifra-me ou de_
f
sf
f
sti_ cken doch, doch gleich, wennei_ner sticht. Ja, wir knicken und er_ sticken dochgleich, gleich, wennei_ner
vo_ ro, qua ca de la to do o cão. Ai, decifra-me ou de_ vo ro, qual ca de la co me o

Ao final da música, blecaute e chuva.

Relâmpagos, intrusos no blecaute por frações de segundos, revelam – sugerem – Camila e Suposto Mefistófeles na cama. Um espelho posicionado próximo à cama. As luzes vão se intensificando. Sem piano, sem pianista. Os ruídos da chuva cessam. Encerrou-se o ato sexual.

Tigres

Neste quarto, sou tigresa;
parte Borges, parte Blake
(somos tigres enjaulados):
sou a tua simetria.
Febre tátil. Cerra a fina cortina, pálpebras:
vê, então, que sou felina e qualquer metáfora.
Sou cabeça neste prato
feito São João Batista.
Sou cabeça, a qual carrego,
feito São Dinis, dizendo
pelas ruas, pelo mundo,
palco, tuas redondilhas.
Sou cabeça ou genitália?
Em detalhes, tua fêmea:
tanto a mais palpável carne,
quanto a tinta das pupilas.
Sou atriz; também almejo
ser o tema, deusa, diva:
tua musa dadaísta.
Letras. Laço. Disco. Estrelas.
Quero ser estátua grega ambulante, lépida,
quero expor-me, afora, em vivo museu do século.
Quero ser e estar um quadro:
arte à mostra em curto prazo.
Quero ser à luz de velas.

Quero ser a tua Creta;
ser o fio do sacrifício,
sem formar liames débeis.
Quero ser o elo intacto
(há Teseu e Minotauro;
há Jesus no ombro esquerdo,
contra a Besta, no direito).
Quero ser a fruta frágil:
ser, no cânon, tua santa;
mas, eleita a tua puta,
ser, na cama, o teu deleite.
Sou complexa algaravia, janela grávida,
pele prenhe do possível; porém, utópico.
Neste quarto, sou tigresa;
parte Borges, parte Blake
(somos tigres enjaulados):
sou a tua simetria.

Camila e Suposto Mefistófeles passam a espelhar-se através de gestos. Simetria. Atitude que serve para aproximação, mas, gesto a gesto, evolui para afastamento. Espelhados, afastam-se às coxias – somente Camila sai. Suposto Mefistófeles, solitário, regressa para perto da cama, observa seu reflexo no espelho e repete, agora muito menos satisfeito consigo mesmo, Sou treva que devora,/ faminta, o roseiral. *Discreta, Camila volta e esconde-se na orquestra (ou no proscênio). Para a próxima cena,* Passados, *entra um Suposto Mefistófeles jovem; nos momentos adequados, entrarão e sairão três personagens femininas. A primeira delas é Menina adolescente. Suposto Mefistófeles encara-se no espelho até que – uma neblina toma conta do palco – o verso* Estávamos ambos, *tenha início.*

1. Ambos amplos

Estávamos ambos,
ela e eu, em abundância;
estávamos ambos
aprendendo as despedidas;
na cama gigante,
largo túmulo da infância,
deitados no palco,
ensaiando as novas vidas.

Estávamos amplos,
no abecê dos grandes livros;
estávamos altos:
ao primeiro gole, tortos;
estávamos ambos
no espelho, nus e livres,
com as pernas bambas,
mapeando os nossos corpos.

Estávamos ambos,
ela e eu, em tempestade;
chovíamos leves
sob o véu da expectativa.
Diante das chamas –
poucas brasas, na verdade –,
estávamos ambos
desvendados, à deriva.

Estávamos amplos,
turvos, pálidos, imensos;
na lama dos medos,
chafurdando feito porcos.
Estávamos cedo
no espelho, nus e tensos,

com as pernas bambas,
numerando os nossos mortos.

E dentro dos olhos,
trocamos de olhos, tanto,
até que, no cerne,
atamos o tempo:
criamos um templo
eterno
a nós.

Entra um carro, pela coxia, com Mulher jovem dirigindo. O carro é estacionado no canto oposto à cama. O poema Aniversário *acontece no interior do carro.*

2. Aniversário

Cantamos *Parabéns* à vela-isqueiro
(memórias não gritavam no penhasco:
transposto o aço, tudo frio, silente –
o carro imerso em túnel estrelado –,
afora as ondas quase ao nosso alcance);
complexo qual floresta verde e vidro,
em filtro Fogo, um par de guilhotinas,
olhava-me com ímpeto, com ímã.

Nesta data querida;
muitas felicidades,
muitos anos de vida.

Um fole-ardor: sussurro fresco, doce

Fffffffffffffffffffffffffffffffffffffffjjjjjjj;

a brisa que oscilou-nos cada poro.
Estamos em completo Agora escuro.

[Confluímos eclipses.]

Perdida a forma pura de amizade –
que falha!, foi-se embora e sem regresso –,
ao fim da festa, um fardo, uma couraça;
em cada poro, cada passo, resta
rancor, saudade, fel, revés, derrota.

Suposto Mefistófeles pergunta-se Quem eu sou? Quem eu sou? Quem eu sou? *O carro sai. Apagam-se as luzes – mas, desta vez, o palco não desaparece na escuridão porque fulgura o globo luminoso. Com a função de sugerir que a cena (a memória) desenrola--se fora de São Paulo. Na metade do poema* Passados 3. Paris, *Camila deixará seu esconderijo para juntar-se, magoada?, enciumada?, a Suposto Mefistófeles; observando o jovem casal.*

3. Paris

Pedi a Thérèse

Je veux, cœur, ta ville.

Paris?

E Thérèse,
mantendo os afagos,
despiu-se, despiu-se
(despiu-se: uma exímia
destreza que, agora,
se travo meus olhos,
ainda se despe).
No quarto-conclave,
secreto,
estava a cidade –
obtive a cidade –;
no quarto que paira,
Paris é um corpo.
Arfante concreto:
abalo preciso.
Destarte,

exceto os amantes
com sorte em excesso,
que sabem Thérèse,
ninguém a conhece
em doce minúcia.
Exceto os amantes
com sorte em excesso,
ninguém compreende
a noite-avalanche
que mora debaixo
das nuvens de pano
das íntimas roupas
e fora da mira
do amargo.

Est votre, ma ville.

Neblina dissipada.

Ciúme

"Dilacera-me, a imagem da tua memória;
esse filme que nunca será – recomposto –
contemplado por mim sob as pálpebras (fendas
onde silvam os sonhos, em vincos da mente).
Ciúme.
Feito veia que, externa, pulsasse constrita,
dilacera-me, admito, essa víscera alheia.
Dilacera-me, a incerta vivência pregressa."

"*Pfffff*.
Mesmo extintos meus vínculos?, mera fumaça:
palimpsésticas páginas, rotos retalhos."

"Dilacera-me, a cava das tuas pegadas
pelo mundo. São Paulo? Paris? Quais cidades?
Marca um *xis*, cada coito, no globo; eu preciso"

"Não! Você não precisa do *xis* que apunhala."

"Dilacera-me, o muro da tua memória,
cal, cimento, que avança em babélica altura.
Dilacera-me, a dúvida; ordeno respostas!"

"Natural que São Paulo, centenas; afoita?;
a francesa, em Paris; e Macau; e – sem choro.
Shhhhh."

"Dilacera-me, a cama gigante, sabia?;
dilacera-me, o poro que oscila na brisa;
dilacera-me, a nuvem de pano, inclusive.

Entretanto, proponho Escancara Vesúvios;
imploro
Deixa um peito-Pompeia coberto de escória.
Dilacera-me, o *Shhhhh*, impedindo-me ingresso
em pretérita máquina: em tuas coxias."

Blecaute e começa a tocar Jasmine Chen & Steve Sweeting: Harbor (Encontros e despedidas).

Dezenas de espelhos no palco, misturados ao quarto. Assim como no poema Paris, *a iluminação vem somente do globo. Entra Suposto Mefistófeles.*

Macau ————

———— No relatório de autópsia de um poema –
id est: o túmulo do poeta na página fria –,
o poeta jamais transpareceria tomando notas
apressadas
(que permeassem palavras reais Falha,
Saudade,
Revés),
no Au Petit Suisse
Fonde en 1791,
à margem do Jardin du Luxembourg.

Por exemplo:
Fonde, na fachada, sem o acento Fondé.

Caso tais relatórios não fossem condenados
ao esquecimento,
caso entrássemos nas coxias dos poemas –
fosse qual fosse a métrica
(haveria métrica) –,
o poeta, nos dedos, *Três*, quatro, cinco, *seis*, sete
et cetera;
porque tal poeta
nunca um tigre solto à selva,
in the forests of the night.
E, de repente, no exercício,
na graça de provar entorpecentes,
surge a selva tão extensa,
tão polimórfica,

tão polifônica.

Relativa liberdade.

Mas
caso entrássemos nas coxias *deste* poema –
que fala de amor?, que fala de morte? –,
jamais encontraríamos evocações de cada cheiro
que Macau emana:
cada tasca em ocaso,
cada curva,
cada chuva.

Caso entrássemos nas coxias deste poema –
id est: a dissolução da lápide na terra –,
o poeta jamais confessaria que
Em redor do teu vulto
Mafalda sai da névoa,
da umidade
(amplitude que se desloca,
descola,
decola:
flutua
da boca estrangeira;
leves ecos em fuga, forjando vestígios
na boca muda),
e seca-se com o secador de cabelos do hotel.

Caso entrássemos nas coxias deste poema –
feito e desfeito e feito e refeito
e refeito –,
jamais haveria band-aids
colados
na parede do quarto;
reparando O quê?

Por exemplo:
Um país, dois sistemas.

Caso entrássemos nas coxias deste poema –
refeito às minúcias –,
talvez o verso
Caminhar pela cidade é beijar uma boca com duas línguas dentro
existisse.
Depois,
boca com seria cortado:
ca co;
pois é prudente varrer os cacos
(em frustra orgia linguística).

E volta-me a imagem Band-aids:
adesivo sustentando a parede?,
é o quarto suspenso?,
o prédio ferido?,
por quem?

Caso entrássemos nas coxias deste poema –
que reza
Desacelerem os domingos –,
nenhuma filipina,
empregada
Escrava?, Semiescrava?
doméstica,
estacaria o tempo da ilha paralela
(essa Manhattan
Skyline-*Central*-Kowloon
trepidante, sobe e desce;
Vila Madalena melhorada, com escadas rolantes),
sobre papelão
sobre viadutos,
na Praça da Estátua,

jogando cartas
e jogando bingo,
por não ter o seu lugar,
não ter escapatória de uma tarde vaga.

Relativa liberdade.

Caso entrássemos nas coxias deste poema –
livre? –,
o poeta, nos dedos, *Três*, quatro, cinco,
o poeta, na jaula, abrindo a caixa misteriosa,
abrindo o *Pequeno dicionário*
absurdo,
impossível,
caçando alguma definição distinta,
qualquer resposta
para:
Cassinos
(onde semblantes são desertos);
Veredas
(onde Beco da Faca, Rua da Pedra, Calçada das Verdades);
Fascínio
(onde há, no fundo, a morfofonologia dos suspiros de amor).

Caso entrássemos nas coxias deste poema –
repleto de metáforas,
e de fechaduras –,
frangos fritos jamais dariam as caras
(o bico,
os olhos,
as sombras da alma)
às claras,
no prato.
Os olhos de carvão de gude.

Patos pendurados na vitrine.
Um cutelo envolto em sangue no chão.

Por exemplo:
Guerrilla war struggle is a new entertainment.

Caso entrássemos nas coxias deste poema –
e fosse um poema chegando ao fim –,
jamais teríamos acesso
Interditado
ao pêndulo: ir e vir
Macau–Hong Kong–Macau,
via barquinho de papel,
de seda vermelha,
que pode ser tragado no minuto seguinte,
que pode sumir no próximo segundo.

Caso entrássemos nas coxias deste poema –
id est: jazigo sem janelas,
sem amálgamas,
jazz –,
o poeta jamais seria observado,
perdendo tempo?,
conduzindo sua Erato ao Parnasso pessoal,
Parnasso paulistano,
para dizer-lhe, nas orelhas,
tanta obscenidade
quanto a língua fumegante
(não a língua de plástico)
pode sonhar.

Tal língua de plástico,
nas placas,
em documentos,
cardápios,
imposta?,

é a língua ilegível,
de fonética opaca
(apenas traços, desenhos;
quebra-cabeça cubista
que não se encaixa)
ao corpo do leitor.

Caso entrássemos nas coxias deste poema –
que se descascasse com a paciência de uma cebola,
que se necessita remontá-la para mastigá-la
novamente
para sorver as chaves
e o azedo
e o açúcar
e o amargo
e o ácido,
as ranhuras e o sal;
tudo rilhando entre os dentes –,
o poeta levantaria, no caminho, dédalos
Interditado;
o poeta guardaria, ciumento, o poema para si:
trancá-lo-ia Adeus,
em cofre com senha
Dezenove-cinquenta e quatro,
da mesma forma que paixões podem ser
trancafiadas
ou perdidas,
soterradas *Falha*,
Saudade,
Revés,
passo a passo,
no cemitério imenso dos olhos.

Caso entrássemos nas coxias deste poema, sim,
caso mergulhássemos nas entranhas deste poema,
jamais o poeta, o poeta

e jamais o poema, o poema;
e jamais –
qual trajeto forjado em neblina –,
a imagem final
(que feita e desfeita e refeita à exaustão,
relembrando cada minúcia mútua;
à *petite mort*
Fundada em 2015):
ainda, a nossa travessia,
aqui,
eterna,
criamos, também, um templo?,
em barco trêmulo no mar da China.

Blecaute e começa a tocar Gang of Four: 5.45; *a partir de 2'12", até o final.*

Durante a prolongada última nota de 5.45, ainda em blecaute, Nastassja acende uma vela. Outra. Outra. Começa a tocar Lou Reed: Berlin *(1972).*
O quarto está cheio de velas, que Nastassja vai acendendo. A música é interrompida em 2'26", quando o quarto já está bem iluminado. Há uma porta no canto oposto à cama. Nastassja, de lingerie, sobe na cama. Entra Suposto Mefistófeles jovem e olha pela fechadura – do quarto para fora: para a coxia. Entra Suposto Mefistófeles. Neva na plateia.

Berlin ——————

—————— Brr.

DA

Aqui

faz frio.
Congelo.

Do pequeno
(da ferrugem;
das veredas,
frestas verdes,
sulcos cobres;
cicatrizes;
tintas, trevas;
uma aranha?;
dos odores
da madeira),
desta estreita
fechadura,

tiro os olhos –
troco, à frente,
para o fundo,
onde havia
luz confusa,
miopia –,

desvio um triz.

Transfiro o foco,
transfiro a bruma;
atrás dos veios,
vedante lacre,
Berlin, aberta,
in loco, totum,
Berlinfinitus.

Com suas boates
e bares de ferro
e bares de plumas.
Desnuda, impassível.
Com seu idioma,
com seus dialetos.
Com lábios distantes
e beijos no escuro.

Berlin. Com blocos duros –
na língua, versos rijos –,
tijolos, domos, vidros,
pilares; prédios baixos
que planam linhas: aves
em meio ao céu nevado.

Matemática cidade
(camuflando cicatrizes?,
via método severo,

conta a métrica nos dedos).
Com seus ecos, da fluente
Filarmônica: murmúrios
e pentágonos e palmas.
Com seu muro com fantasmas,
com grafite, com chiclete.

Com suas pontes sobre o Spree.
Com suas pontes sobre o Spree.

Com seu obelisco (giratório?) –
no topo, dois anjos: um, de fato,
perpétuo, vislumbra manchas, telhas,
o parque, avenidas; dor. O povo.
Com seu diabólico passado.
Com seu parlamento reformado.
Com seu babilônico, imponente,
portal; em seu Pergamonmuseum.

(Maior, somente a Berliner Ensemble.)

Pois *A nous deux maintenant?* Deixo a frincha
Berlin: além-maçaneta, este mundo
Berlin; além-voyeurismo, o casulo
Berlin; às mãos, adiante, potente,
Berlin, roçando-me o rosto com facas;
Berlin. Desfiro, ao Cocito, seis passos
Erdolchen Leiden Hölle Pein Angst Quälen;
seis passos, mas circulares, voltando
ao lacre – agora, ao contrário – vedante.

Recurvo-me à fechadura em reverso,

onde observo
mais ferrugem,
novas frestas,

novos sulcos,
novas tintas,
novas trevas,
novas rugas,
uma aranha?,
novo mofo,
mais odores
de madeira;

desvio um triz.

Atrás da porta,
encontro o quarto.

Com seus candelabros
e velas candentes.
Com poucos objetos.
Com fotos, retratos,
compostos de cinzas.
Com roupas caídas:
vestido, corpete;
aponta-me, agulha.
Com suas cortinas,
três selos de seda,
cobrindo janelas.

O quarto. Concha escusa,
envolta em lusco-fusco
(cintilam cores quentes).
Com móveis: mesa, cama.

E, na cama, em dança branda –
flamba Lou, ao toca-fitas,
Honey, era um paraíso –
ela, pérola, balança
(derretendo-se em filetes,

desce o mel dos movimentos,
desde a nuca, pelas costas,
infraelástico, nas ancas);
Argo n'água, a Frau balança

com suas pernas sobre a lã:
flexível par de arranha-céus.

Pegadas volvendo cobertores;
durante a gangorra dos joelhos,
Nastassja? dedilha as alvas asas,
desata o colchete, folga as alças –
ouriçam dourados arrepios.
(Meu fôlego espreme-se vielas.)
Seguidas nuances do oceano
aos pés: 7/8, cinta-liga;
revoltos tecidos, tramas, tremas.
Sem véu, bamboleia *¡Olé!* libido.
Eu juro que vi, nos lobos, brincos;
eu juro, corrente no pescoço;
eu juro, pingente, juro, estrela;
espectros às voltas do pecado.

Lá dentro, atiça-me a santa em berlinda.

Blecaute. A música Berlin *é retomada; a partir de 2'26", até o final.*

A silhueta de uma cidade. Que pode lembrar o skyline *de Hong Kong. E pode, também, sugerir algo parisiense* – Caminho por uma rua/ que passa em muitos países –*; algo berlinense. Em painel, São Paulo estará presente (poema* São Paulo*); bem como os poemas* One: Number 31 / C *e* Campos de trigo com corvos. *Um carrinho de compras, com produtos, e uma estátua grega; lado a lado. Camila, nua, caminha por esse ambiente* – Quero ser estátua grega ambulante, lépida,/ quero expor-me, afora, em vivo museu do século. –, *misturada à multidão (que pode ser o Coro), mas, de certa forma, desloca-se, incorporando-se ao espaço.*

? ————

———— Meu peito-Pompeia, corredores curvos do Copan
(Quem eu sou?).
Meu pântano cinza, congelado, Pollock retratou
(Quem eu sou?).
Coloco-me acima do restrito aspecto Jovem punk.

Decifra-me, a tela da pele –
disseca-me, duplos, caverna;
exibe-me, cores internas!

(Quem eu sou?)

Camila posiciona-se entre a estátua grega e o carrinho de compras. Começa a tocar The Clash: Lost in the supermarket. *Um a um, pausadamente, cada painel (da sequência de poemas* Museu*) é iluminado.*

C

Estampa-se a letra C em One: Number 31, *de Pollock.*

— BreuBreuCéuCéuBreuBreuBreuBreuBreuBreuBreuBreuBreuBreu
BreuBreuCéuCéuCéuBreuCéuCéuCéuCéuMedoCéuBreuCorvoCo
BreuBreuCéuCéuCéuBreuBreuCéuNuvemCéuCéuCorvoCorvoCor
BreuCéuCéuNuvemCorvoCéuCéuNuvemCorvoCorvoCorvoCéuCé
CéuCéuTrigoTrigoTrigoCorvoTrigoNuvemCorvoCorvoTrigoTrigo
TrigoTrigoTrigoCorvoTrigoCorvoTrilhaTrigoCorvoFúriaTrigoTri
TrilhaTrigoTrigoTrigoTrigoTrigoTrilhaTrilhaTrigoAscoTrigoTrig
TrilhaTrilhaPânicoTrigoTrigoTrilhaTrilhaTrigoTrigoTrigoTrigoT
TrilhaTrilhaTrilhaTrigoDorTrilhaTrilhaTrigoTrigoTrigoTrilhaTri
TrilhaTrilhaTrilhaTrilhaTrilhaTrilhaTrigoTrigoRaivaTrilhaTrilha
TrilhaTrilhaTrilhaTrilhaTrilhaTrilhaTrigoTrilhaTrilhaTrilhaTrilh

NevermoreNevermoreNevermoreNevermoreNevermoreNevermore
NevermoreNevermoreNevermoreNevermoreNevermoreNevermore
NevermoreNevermoreNevermoreNevermoreNevermoreNevermore
NevermoreNevermoreNevermoreNevermoreNevermoreNevermore
NevermoreNevermoreNevermoreNevermoreNevermoreNevermore
NevermoreNevermoreNevermoreNevermoreNevermoreNevermore
NevermoreNevermoreNevermoreNevermoreNevermoreNevermore
NevermoreNevermoreNevermoreNevermoreNevermoreNevermore
NevermoreNevermoreNevermoreNevermoreNevermoreNevermore
NevermoreNevermoreNevermoreNevermoreNevermoreNevermore
NevermoreNevermoreNevermoreNevermoreNevermoreNevermore

Ao final da música Lost in the supermarket, *o Coro pode interpretar o poema* São Paulo *no ritmo de um trem* – Outrora um trem veloz, um trem possível,/ traçava mapas sobre férreo trilho –: *cada linha sobrepondo-se, em volume, intensidade, à próxima.*

3. São Paulo ———

— FerroFerroFerroFerroFerroFerroFerroFerroFerroFerroFerroFerroF
PrédioPrédioPrédioPrédioPrédioPrédioPrédioPrédioPrédioPrédioP
FerroFerroFerroFerroFerroFerroFerroFerroFerroFerroFerroFerroF
PrédioPrédioPrédioPrédioPrédioPrédioPrédioPrédioPrédioPrédioP
CarroCarroCarroCarroCarroCarroCarroCarroCarroCarroCarroCar
PrédioPrédioPrédioCimentoCimentoCimentoCimentoCimentoCim
FerroFerroFerroFerroFerroFerroFerroFerroFerroFerroFerroFerroF
PrédioPrédioFerroFerroFerroFerroTrilhoTrilhoTrilhoGenteGenteG
TrilhoFodaFaltaFomeFerroPrédioCarroMorteLutaGenteGenteGen

Blecaute e, enquanto o poema São Paulo *segue reverberando, começa a tocar John Cage:* Radio music. *Fundem-se. Até que* São Paulo *é interrompido.*

A ideia é que Radio music *sintonize em uma provável estação de notícias. Mantém-se o blecaute em todo o poema* Radiofônica.

Fausto
4. Radiofônica

O rádio que escutamos, sintonizado em uma provável estação de notícias, está ligado dentro da casa de Fausto. Quando Fausto fala, atormentada, sua voz encobre a locução da rádio – como se Fausto estivesse na sala (onde o som é captado) e o rádio na cozinha.

LOCUÇÃO:
---------- um pentimento
sob a camada aparente;
sob a mulher turbulenta,
dormem feições masculinas:
barba marxista e bigode.
Ser, a pintura, ou pinturas?,
obra *do artista*, desperta
mais interesse no caso.
Bacon desvela invisíveis –
traz-nos, à tona, sigilos,
furnas, lacunas, raízes –,
como se o óleo cimeiro
já suportasse uma espécie
(pública) de pentimento
(lídimo) do personagem. **FAUSTO:**
------------------------------ Ao lume-deslumbre,
------------------------------ correndo, na esteira
------------------------------ do sol que se punha,
------------------------------ deteve-me um piche

-------------------------- grudado na vista.
-------------------------- Cobiça. Idiota –
-------------------------- veleiro? Concordo:
-------------------------- mereço o ludíbrio.
-------------------------- Disparo, ofegante,
-------------------------- sem freios, teimosa,
-------------------------- no encalço do Apolo
-------------------------- que explode em meus seios.
Freud, em leilão; recordista
-------------------------- Riqueza? Não basta.
preço. Vendido em novembro
-------------------------- Zarpando-me Exílio,
-------------------------- vetei-me a fortuna:
-------------------------- furtei-me às fazendas.
-------------------------- Papai, desolado
-------------------------- *São Paulo?, sapata!,*
-------------------------- *vexame!, promíscua!*
-------------------------- Não basta: prefiro
-------------------------- pobreza ao convento;

Escutamos passos. Fausto aproximando-se do rádio.

-------------------------- prefiro miséria.
-------------------------- Ciência? Não supre.
tons; distorcendo modelos,
chocam-se obscuras essências.
-------------------------- Não supre. Não basta.
Bacon, no estilo, oferece
ringue adequado ao conflito.

Um clique. Fausto desliga o rádio.

Leituras não bastam,
debates não bastam –
sem Fausto ser *Fausto*.

Escutamos um toque de WhatsApp: mensagem de voz começa a ser gravada.

Prometo que, Lotte,

Fausto soluçante, em prantos. Uma vibração: mensagem cancelada. Fausto acalma-se. Novamente o toque Gravando.

Prometo um efeito:
meu busto aplainado;
prometo-lhe um falo.

Cancela.

Ahhhhhhhhhhhhh!

Novamente Gravando.

Fui vítima, Lotte,
da burla, do engano,
do embuste doloso;
darei, todavia,
na prática, um jeito.

Cancela.

Que jeito?

Novamente Gravando.

Confie:
prometo, princesa,
galgarmos galáxias.

Cancela.

Prometo castrá-lo.

Satã pervertido.
Prometo estuprá-lo.

Novamente Gravando.

Desculpe-me. Um erro.
Prossigo menina;
desculpe-me, Lotte.

Escutamos um toque; outro toque, mais enxuto: mensagem enviada.

Começa a tocar The Real McKenzies: The tempest; *até 48", mas antes do bumbo (perdurando um aflitivo silêncio, no escuro, ao final da palavra* Darkness *– aflitivo, pela radical interrupção da música).*

Ao acender das luzes, Camila continua no mesmo lugar em que se posicionou para os poemas da sequência Museu. *Todo o cenário à sua volta, entretanto, está diferente. São os portões do Castelo (contemporâneo) de Kafka. Guardados pelo intransponível – anônimo – porteiro.*

Identifique-se ———

——— : Alto! (Afixado na porta
Identifique-se.)

: Eu.

: Resposta inválida! Fale!;

identifique-se, o nome;
identifique-se, a fome;
identifique-se, a classe –
A ou D;
identifique-se, a face
virtual;

identifique-se, o culto;
identifique-se, a gangue;
identifique-se, a culpa;
identifique-se, o sangue;

identifique-se!;

identifique-se à beça,
identifique-se, pressa!;
identifique-se, o sexo –
A ou B;

identifique-se ao plexo
virtual;

identifique-se, a raça;
identifique-se Bela;
identifique-se à massa;
identifique-se a ela;

identifique-se!

: Eu?

Cortina.

Para improrrogável correspondência:
por mensagem de texto,
por mensagem falada;

para imprescindível telefonema
(trabalho súbito);

para inadiável depoimento:
Poemas ótimos,
Poemas péssimos
ou mesmo Insípidos;

para obrigatória bisbilhotagem
voyeurística, cibernética;

para impreterível pornografia;

para indispensável brutalidade:
espetáculos midiáticos;

para a subsistência da indiferença –
ingere fármacos;

para (menos provável,
porém) carícias,
toques humanos;

para (quase impossível)
plena reflexão conectada apenas
ao introspectus.

,levíssop mert mu ,zolev mert mu arortuO
ohlirt oerréf erbos sapam avaçart
\- - - - - - - - - - - - - - - - - -
– ohlirt emrif
:otnev oa atlos mevun otief es-zefsed
-atrac-atrac-atrac, ligárf oletsac
;atrac-atrac-atrac-atrac-atrac e
.orpos o mev
,onrefnI otlafsa arboS .adaN arbos E
.ordiv orup ,olegalf lauq otlafsa

.adartse a erboc valer amuhnen ,iuqA

,– ossap adac me odahcelf – ue ,seliuqA
augníl aset me osip euq em-ecerap
,neläuQ tsgnA nieP ellöH nedieL nehclodrE
.satnop ,sorcnac ,socac :sorud samenof

.açarg ajrof oidémer muhnen ,iuqA
.elib atsav é oçarba ossal uem ,iuqA

I mer soem me lí fluo mar, la bi rin [to]
com mil ta tu a gens: tra [ços,]
de se nhos: nos de dos, life; a li an [ça;]
man da las; ca vei ras; á ba co; la [ço]
De ci fra -meou te de vo [*ro* –]
são ris cos(i mer so, mas su per fí [cie) –]
De ci fra -me,a flor da co [*xa*]
pi râ mi de;es tre las; dis co; pa la [vra]
ci rí li ca so breo pul [so]
De ci fra -me,as le tras: bú [*ria.*]

Po rém, não vi ri aao ca [so,]
pra lém das tex tu ras le [ves,]
des cer, lon ge,em ca daa ves [so].
De ci fra -me,in tei ra,a go [*ra*]
Ca mi la, des cer é tris [te:]
fa lar, dis se cá -la du plos, Ca mi [las,]
ca van do -lheu ma ca ver [na,]
mos tran do -lheo ver so cor [po]
De ci fra -me,a ve ra fe [*ra*]
e co res que mo ram só nas pu pi [las.]

Blow-ups[1]

1. Rodapé

Meu peito-Pompeia[2], corredores curvos do Copan[3]
(Quem eu sou?[4]).

1 Referência ao filme ítalo-britânico *Blow-Up*, de Michelangelo Antonioni (1912–2007), de 1966, em que o desenvolvimento da trama está vinculado a ampliações de uma fotografia (*blow-ups*).

2 Referência ao poema *Ciúme*, no qual a personagem Camila declama *Entretanto, proponho Escancare Vesúvios;/ imploro/ Deixe um peito-Pompeia coberto de escória.*. Camila, enciumada, ao propor que Vesúvios sejam escancarados, pede que o personagem Suposto Mefistófeles mostre mais seus relacionamentos pregressos – similar à apresentação (pela memória de Suposto Mefistófeles) e testemunho (por Camila, da memória) da sequência de poemas *Passados* –, mesmo que machuque; mesmo que o peito fique coberto de escória, ou seja: de resíduo formado por memórias de seu amante. Consta que Pompeia ficou encoberta por 2,60 metros de escória após a erupção do Vesúvio, iniciada em 24 de agosto do ano 79 d.C.. O poema *?* é posterior tanto a *Passados*, quanto a *Macau*; e ambos, no caso, teriam colaborado com a resolução desse "peito-Pompeia".

3 Referência ao edifício Copan (Avenida Ipiranga, 200, São Paulo, Brasil), ondulado, com "corredores curvos", com mil, cento e sessenta apartamentos, projetado pelo arquiteto brasileiro Oscar Niemeyer (1907–2012) e construído entre 1951 e 1966. Pode-se deduzir, portanto, que há, no sinuoso âmago de Camila, no "peito-Pompeia", muitas portas – imagino-as, sempre, fechadas – e, atrás de cada porta, muitos segredos; e, talvez, muitas pessoas de seu (incógnito) passado; e, talvez, também, uma profusão de sua própria essência.

4 Camila repete o movimento – com distinta motivação – de Suposto Mefistófeles (entre os poemas *Passados 2. Aniversário* e *Passados 3. Paris*), questionando-se *Quem eu sou?*; aparentemente, Camila, personificando Sexo, era mais segura, nos poemas iniciais, quanto à sua identidade.

Meu pântano[5] cinza, congelado[6], Pollock retratou[7]

5 Em *todo* o livro *Identidades*, *todos* os vocábulos proparoxítonos que terminam em ditongo crescente devem ser lidos como paroxítonos: para a manutenção da métrica (o único poema – exceto os visuais e *Blow-ups 2. Numeração* – sem métrica, *Relativa liberdade*, é *Macau*). Se no vocábulo "pântano", por exemplo, contam-se as duas sílabas após a tônica, no vocábulo "melífluo", do poema *Esfinge*, conta-se apenas uma. O poema *Esfinge*, quando repaginado no poema *Coxias 2. Escansão*, apresenta o vocábulo "melífluo" dividido "me lí fluo" – já esclarecendo a opção de definir os proparoxítonos terminados em ditongo crescente como paroxítonos. Opção; decisão tomada devido à sonoridade do português brasileiro. Ilustrando melhor a questão: no poema dodecassílabo *AutoAuschwitz*, no verso *incônscia: o meu corpo, o meu campo de extermínio.*, tanto o vocábulo "incônscia", quanto o vocábulo "extermínio", lidos como paroxítonos, contribuem para formar o verso dodecassílabo e manter o padrão de sílabas fortes e fracas do poema.

6 Evidente que o vocábulo "pântano" foi inserido para aliterar com o vocábulo "Copan" – ou seria o contrário? De qualquer forma, o "pântano cinza, congelado", de Camila, representa alguma camada interna. Costumo preferir que a metáfora sirva para sentimentos amortecidos pelo tempo – de vez em quando, entretanto, flagro-me em flerte com a ideia de que sirva para sobreposições (película sobre película) de momentos semiesquecidos.

7 Referência ao expressionismo abstrato do artista plástico estadunidense Jackson Pollock (1912–1956). O verso completo, *Meu pântano cinza, congelado, Pollock retratou*, funciona como ponte para o poema subsequente, um poema visual, *Museu 1. One: Number 31 / C* – que, por sua vez, pode ser um desdobramento, uma interpretação, do verso referido; reafirmação e oximoro: o C, em *Museu 1. One: Number 31 / C*, é tipográfico e não manuscrito.

(Quem eu sou?[8]).
Coloco-me acima do restrito aspecto Jovem punk[9].
Decifra-me[10], a tela da pele[11] –
disseca-me, duplos[12], caverna[13];

8 Aparentemente, Camila, personificando Sexo, era mais segura, nos poemas iniciais, quanto à sua identidade – segura; contudo, no poema *Tigresa* (que, de certo modo, pode complementar as ordens *Decifra-me*, do poema *Esfinge*), define-se com múltiplos "Sou": atitude que já demonstra certa dúvida latente e certa compreensão de sua pluralidade (ainda que mantenha a postura de quem domina a situação). Tal raciocínio culmina com *Sou complexa algaravia, janela grávida,/ pele prenhe do possível; porém, utópico.*. Pois: como definir-se, com precisão, quem é, sendo complexa algaravia? E, assim, qual resposta poderia ser uma resposta satisfatória para as ordens – desafio – *Decifra-me*?

9 "Jovem punk" é uma definição que pode rotular a aparência de Camila. Devido, inclusive, às tatuagens descritas desde o poema *Esfinge*. Mas, antes de tudo, no poema *Personagens*, Camila é anotada como "punk?". Isso implica em certa caracterização: as tatuagens – e através de figurino e corte de cabelo. A personagem, no entanto, refuta o rótulo, segundo ela, restrito.

10 Camila retoma o padrão *Decifra-me*; entretanto, com sentido modificado. Ao passo que, antes, era um teste (um charme?, um jogo sexual?); agora, é uma – aflita – busca por autoconhecimento.

11 Referência ao poema *Fausto 3. Pós-farsa*, no qual Suposto Mefistófeles canta *(...) Camila –/ em quem vesti sinais./ Escorrem pela tela/ da pele, estradas, vãos* – Camila deseja, primeiro, ter a superfície decifrada; é como se ela dissesse Decifra-me, a tela da pele *e mais:* disseca-me, duplos *et cetera*.

12 Referência ao poema *Esfinge*, no qual Suposto Mefistófeles refuta (por meio do verso *Porém não viria ao caso,*) as ordens – desafio – *Decifra-me*, dizendo que, ao decifrá-la em minúcias, ocultas personalidades, variações inconscientes de sua personalidade, revelar-se-ão; e que, para ela, Camila, será negativo: ruim. Aqui, no poema *Blow-ups 1. Rodapé*, o verso também gira a engrenagem da lógica Busca *progressiva* por autoconhecimento.

13 Referência ao poema *Esfinge* – mesma lógica da nota anterior.

exibe-me[14], cores internas![15]
(Quem eu sou?[16])

14 O vocábulo "exibe-me" denota um significado particular ao ser proferido por Camila. Porque, no poema *Tigresa*, ela diz: *Quero ser estátua grega ambulante, lépida,/ quero expor-me, afora, em vivo museu do século./ Quero ser e estar um quadro:/ arte à mostra em curto prazo.*; Camila acumula, no corpo, uma arte que desaparecerá, futuramente, com sua morte. Ao final do poema *? – exibe-me, cores internas!* é seu penúltimo verso –, começará a sequência de poemas visuais *Museu*, no qual Camila posiciona-se entre arte (estátua grega) e consumo (carrinho de compras), e cercada pela sequência *Museu*. Ou seja: enquanto deseja que lhe sejam exibidas "cores internas", Camila expõe-se – em exposição de fato – ao público.

15 A expressão "cores internas" é uma referência ao poema *Esfinge*, no qual Suposto Mefistófeles menciona – sobre mostrar, a Camila, personalidades inconscientes, ocultas – *cores que moram só nas pupilas*; ou seja: somente no cerne, *pralém das texturas leves* tatuadas na pele. Cores que Suposto Mefistófeles esquiva-se a "decifrar", justificando-se *Camila, descer é triste*. No poema *AutoAuschwitz*, Suposto Mefistófeles intenta simbolizar seu próprio pungente cerne biológico: *farpados arames em árvore neural/ (os ramos internos são galhos putrefatos,/ são fartos de ganchos com frutos venenosos),*; a reincidência, em ?, do vocábulo "interno", reforça a relação entre os poemas, explorando também as disparidades entre os "internos", físicos e emocionais, dos personagens.

16 O terceiro, último, (*Quem eu sou?*) do poema ?, encerrando-o com a manutenção da persistente dúvida, será relacionado – após a muda sequência de poemas visuais *Museu* – ao poema *Identidade*; que, por sua vez, continuará tratando da temática, mas com enfoque menos particular e mais social.

Esta é a página 99.
Seria somente,
sem o jato, sem o prisma, sem a prensa,
uma página em branco.
A neve que inuma Санкт-Петербург.
A névoa que engole o remate dos mísseis de
Hong Kong.
Ou paredes castas-ingênuas de um aposento
inabitado,
insituável.
Esta é a página 99,
cacofônica Pági*na no-*
e sonora *-venta e nove.*
Que pode ser
Ainda apaixonado? Fale sobre ela.
E pode ser,
na Bíblia Dantesca,
o sétimo círculo,
com as Harpias.
E pode ser,
no *Doktor Faustus* de Thomas Mann,
Adrian Leverkhün.
E pode ser, também, (e é) *esta.*
Única?
Na gráfica, lâminas empilhadas.
99: é invariavelmente,
a última com dois dígitos.
É *The Shadow-Line.*
Implícito limiar.
Uma fronteira.
Um *réveillon*;
Fidel Castro adormecendo
Mañana, La Habana –
y el triunfo.

Chuva. Escutam-se, desde o foyer, espessos pingos atingirem o telhado do teatro. Plateia acomoda-se. Ruído cessando, cessando; cortinas abrindo-se. Começa a tocar Beethoven: Sonata para piano n. 17 em Ré Menor, Op. 31, n. 2, Der Sturm: 3. Allegretto. *São Paulo, 2016. Quarto. No canto oposto à cama, piano e pianista. A sonata dura 6'45". Ao término da última nota, blecaute. O palco reacende sem piano e sem pianista. Entra, mancando, Suposto Mefistófeles (a cada passo, ele geme Ai); acompanhado do Coro, que, à semelhança, por exemplo, de* Édipo Rei*, de Sófocles, pode ser interpretado como se fosse a sua consciência. A impressão é de que tudo poderia principiar novamente.*

Fausto
5. Subsolo

Coro *Я человек больной... Я злой человек.*

Suposto Mefistófeles
Sou um homem doente... Um homem mau.
Não me trato por raiva, por rancor;
se esta perna me dói – que doa mais!
Que naufrague ao sepulcro, pé letal.

Suposto Mefistófeles arrasta sua perna direita, a doente, à estante. Pega um livro.

Coro *Memórias do subsolo.* Fiódor Dostoiévski.

Suposto Mefistófeles vai lendo Memórias do subsolo, *arrastando-se até o alçapão do palco; enquanto desce (primeiro a perna direita) e desaparece, o Coro fala o trecho que – supostamente – Suposto Mefistófeles lê.*

Mas sabeis, senhores, em que consistia o ponto principal da minha raiva? O caso todo, a maior ignomínia, consistia justamente em que, a todo momento, mesmo no instante do meu mais intenso rancor, eu tinha consciência, e de modo vergonhoso, de que não era uma pessoa má, nem mesmo enraivecida; que apenas assustava passarinhos em vão e me divertia com isso.

Entra Fausto (em estereotípicos trajes – e corte de cabelo – masculinos), portando um punhal, por um lado; e Camila (vestida de noiva), pelo outro.

Fausto
Passarinhos em vão? Qual?
Destemido falcão, vim;
e não venho propor paz.
Les innocents
sont effrayants.

Camila Quem é você?

Sincrônico à alteração Quem eu sou? – Quem é você?, *acontece, aqui, uma radical mudança no comportamento de Camila: ela deixa de empregar a segunda pessoa – que vinha sendo utilizada em todos os seus poemas – para valer-se da terceira. Algo já demonstra que a personagem está diferente.*

Fausto (*ignorando-a*)
Quiçá, pós-farsa – *impune?*,
jamais! –,
postule a própria morte?
Jamais!

Camila Quem é você?

Fausto (*decepcionando-se*) Viola – de Cesario.

Camila, introspectiva, absorta, apesar de ter perguntado, parece não se importar; e tampouco se importar com a presença de um(a) estranho(a) na casa – no quarto – de seu marido.

Quem é você?

Camila É insolúvel.

Pequena pausa. Uma pausa para confundir – propositalmente – o espectador. Parece que Camila acaba de sacramentar a insolubilidade da questão Quem é Camila?, bastante abordada; mas a sequência do verso mostra que ela está distraída e falando sobre um assunto novo.

Trago dentro deste armário,
cada roupinha do bebê que nunca,

Fausto Nunca?

Camila (*chora*) Pode nascer.

Fausto Nunca? Por quê?

Camila
Genes – ou germes –; a herança: dor paterna;
pior:
pode nascer um Merrick, Homem Elefante.

Fausto À David Lynch?

Camila Uma criança enferma: nervos criam câncer.

Fausto
E como agir
diante da tragédia?

Camila
Germino a – chaga?, amada?;
futuro filho morto:
ao cabo, escolho Aborto.

Blecaute. Coincidindo com repentina e violenta sirene. 10". O palco relampeja por um átimo – é apenas um flash *–, mas suficiente para se enxergar Suposto Mefistófeles, entre Fausto e Camila, caracterizado de Homem Elefante. Quando a sirene cessa, coincidindo com a iluminação do palco, esse Homem Elefante sumiu.*

Fausto Sentindo-se traída?

Camila Perdão?

Fausto
Traída pelo homem?
Sei tudo sobre o tema.
Traída pelo corpo?
Sei tudo sobre o tema.

Camila (*aparte*)
DNA?
Traída pelo feto?
Será?
Traída – não,
(*para Fausto*) não! Chega!

Blecaute e silêncio (tão repentino e violento quanto a sirene).

Tilintar de moedas. Acendem as luzes. Ainda, o quarto. Fausto, sozinha em cena, retira, a cada sinal gráfico (salvo as vírgulas) do poema Fausto 6. Sorte, *uma reluzente moeda de seu bolso – e faz com que ela rodopie para o alto. As moedas, uma a uma, sinal a sinal (totalizando trinta e três), vão caindo no chão; reflexiva, Fausto não as apanha: não confere o resultado.*

6. Sorte

Cara, coroa. Cara, coroa.
Crime, clemência. Crime, clemência.

Castro, o canalha?
[caralho]
Calma, concedo?
Cara, coroa. Cara, coroa.
Cruz, considero; cal, considero.

Cara, coroa. Carma? Contudo,
caso castigo, caso concórdia,
clono-me
[crio-me]
Koûros!, contracorrente –
contraclepsidra? –;
canto Catullus:

Vivamus mea Lesbia, atque amemus;
vivamus mea lésbia, *mea Lotte.*

Curto o clitóris: cúmplice campo;
carco, no corpo – cálida cave,
câmara, casa –, *cazzo* contíguo.

Cópula-câmbio.

Cara, coroa. Cara, coroa.
Capto cantigas;
calo-me Kafka:

(...).

Culpo, conformo. Capo, consinto.
Corto, consolo.
Cara, coroa. Cara, coroa.

Joga a moeda para o alto. Agora, Fausto a apanha.
Confere. Sai.

Suposto Mefistófeles irrompe do alçapão do palco. Em uma de suas mãos, carrega o livro Memórias do subsolo; *na outra, uma urna cinerária. Devolve Dostoiévski à estante e pega outro livro. Capa rosa. cummings. Começa a ler, em voz alta – mas a partir do segundo verso, derruba o livro no chão: sua atenção já desviada para a urna.*

Herança

i carry your heart with me
i carry your pain with me(i carry it in
my pain)i am never without it(anywhere
i hurt you hurt,my dad;and whatever is blown
inside of me is your blowing,my killer)
i fear
my fate(i carry your fear with me,i
carry your fate with me)i
carry your hate with me(i
carry it in my hate)i hate all meanings of a moon,i
hate all songs of a sun

here is the deepest sorrow
(here is the blood of the blood and the cell
of the cell
and the gene of the gene of a bad bad
luck;which grows
higher than drugs can ease or dreams can fly)
root,bud,sky,tree,life,soul,hope,mind,hide,i
hate
would hate all cries of a son
here,the spots café au lait
the stains

and there is no wonder;upon us,so dark tonight
upon us,no stars
no stars apart

i carry your pain(i carry it in my heart)

Blecaute e começa a tocar Bohuslav Martinů:
Concerto para violino n. 2 em Sol Menor, H. 293:
1. Andante*; até 1'25" (tomando por referência a gravação de Isabelle Faust e a Prague Philharmonic Orchestra, de 2008).*

Passaram-se algumas horas. A urna está quebrada no chão. Suposto Mefistófeles e Camila (trajando o vestido de noiva) dormem. Suposto Mefistófeles acorda, sentindo dores.

O ————

———— É, eco de Orfeu, eu – que afino a lira
(inserto instrumento, cordões de fibra
e fibra mais fibra, intangível caos,
sem timbres audíveis) – desisto. Afino,
autômato; aperto as tarraxas. Puxo.
Insufla-me o nervo
—oo—O——o—
, clamando Acorde.
Apalpo os inchaços. Detesto a sina
Insônia, regida por golpes, lanças.

Eu desisto. Quilos pendurados, tonéis,
na retina, arrobas arenosas, tufões;
no relógio *Quatro e vinte e dois* digital –

sem tique-taque,
sem melodia,

no relógio *Quatro e vinte e três* digital.

Lira de nervos –
ou, mais de acordo,
perna pautada?
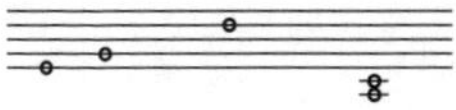
Perna com notas.

Um lá semibreve atravessa a linha.

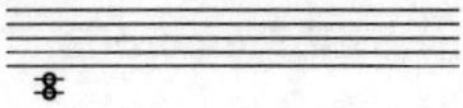

Perna com notas –
ou, mais de acordo,
crescem planetas?
Crescem fortuitos.

Um neuro*Big Bang* incrustado ao couro;
invita matéria, imprevista forma,
ambígua partícula: interna, intrusa.
Odeio. Desígnio divino, praga,
espeto em v(o)od(oo)u, e alfinete e pino,
atroz bruxaria, balé Valpúrgis.

Eu odeio. Bolhas penduradas, balões
que me infligem voos subcutâneos locais.

Levanto-me; escrevo com *Letra, atrito*,

LETRA ATRITO
LETRAATRITO
LETRATRITO

um *demi*?-poema, concreto? – amasso
e: lixo. Esse atrito, de letra em letra,
atrito, engendrando conluios, trança,
esmaga-me: a máscara ao O, *Fidelio*
ooo**oo**oo-oo: o *oóooooo* oo *O, Oooooo*;
esmaga-me: a letravesti que cinge;
esmaga-me: o vácuo Vida ———————— Verso.

No relógio *Quatro* – eco oco de Orfeu.

Em caso de mal súbito funesto –
ex-corpo, incinerado, infiltre o mar;
exceto a noz: invólucro e formol
And curst be he ty moves my brain, na estante;

e grave-se, epitáfio,

Intacto, jaz um cérebro: um objeto.
À frente? O resto frio das aflições.
Fui páginas e frases, multidões;
meu âmago enterrou-se no alfabeto.

Desce, no proscênio, uma tela translúcida (a mesma tela do poema sonho*) – que ocupa todo o palco.*

Vida — Verso

Suposto Mefistófeles abandona a escrivaninha e sai. Camila permanece dormindo.

O poema Ponte *acontece projetado na tela.*

Ponte

INT. QUARTO-CUBÍCULO. MADRUGADA

Uma porta fecha-se contra a escuridão. Estamos em um quarto-cubículo que poderia pertencer ao filme Das Cabinet des Dr. Caligari. *Pela única janela, à distância, nota-se o Castelo. Encolhida em uma cama estreita, uma noiva, K.amila, dorme. K.amila é artista visual (mas devido às dificuldades de comercializar suas obras, realiza diversas atividades* freelance *paralelas: é também garçonete, produtora cultural, revisora de textos e tatuadora) – do vestido longo, escapam tatuagens* old school *coloridas. Ao lado, um criado-mudo com gavetas; sobre o criado-mudo, uma folha de caderno preenchida com letras aleatórias, um relógio, que é um Orloj de Praga diminuído, e um livro, no qual destaca-se o título* ΜΗΔΕΙΑ.

NARRADOR OFF

Quando K.amila

K.AMILA

Amanheceu?

CARRO OFF

Buzina

K.AMILA

quatro e quarenta e eu sonhando Praga
pássaros cruzam-me estrutura abaixo
branco revoo contraponto à noite

K.AMILA OFF

Was it a vision, or a waking

K.AMILA

tarde?
cedo? babei no travesseiro Cedo

RELÓGIO (onomatopaico)

Tic

K.AMILA

esticada eu era

RELÓGIO (onomatopaico)

Tac

K.AMILA

A ponte

Um demônio, Mefistófeles, materializa no cubículo; coloca sua mão na barriga de K.amila.

MEFISTÓFELES

Die Brücke. Ohne einzustürzen kann keine einmal errichtete Brücke aufhören, Brücke zu sein.

Mefistófeles – onde está Mefistófeles?

K.AMILA

lastro e suporte para dois sapatos
lixas um homem que esfregava as solas
junto estocando-me no inerme dorso
mexe a bengala excita meus cabelos

RELÓGIO (onomatopaico)

Tic

K.AMILA

astronômico relógio cresço
quatro e quarenta e nove nove meses
rompe-me nova liga Filha? instável
fosse o trespasse permitido às pontes
fosse o Castelo permitido à plebe
Guerra decido Rebeldia Ataque
mas ao virar-me a ponte cai desabo
rumo Vltava? Spree? ou rumo Estige? –
quatro e cinquenta –,

NARRADOR OFF

deparou-se

K.AMILA (*desperta*)

Mãe?

Começa a tocar Mahler: Sinfonia n. 5 em Dó Sustenido, 1. Trauermarsch. *Na folha de caderno, a impressão é de que as letras aleatórias tentam formar uma palavra – ficando nítidas:* e s f o m e a; *em seguida,* f o r m a t; *até que, finalmente,* m e t a m o r f o s e. *Já em pé, K.amila abre uma gaveta do criado-mudo. E a gaveta está abarrotada de documentos de identidade: K.amila, K.amila, K.amila. Sua barriga torna-se, de repente, uma barriga dilatada. Tenta abrir a porta, não consegue. Tenta abrir a janela (teria o Castelo ficado ainda mais distante?), não consegue. Bate no vidro. De fora para dentro, as batidas e, agora, o esgoelar de K.amila, são surdos. Pouco a pouco, descobrimos K.amila em um prédio – com cinquenta (5 × 10) janelas iguais à sua, cinquenta K.amilas inaudíveis. A metade da esquerda, colorida; a metade da direita, em preto e branco: algumas janelas e K.amilas da direita borradas ou desbotando. Pausa. É um quadro. É um quadro que remete a* Marilyn Diptych *de Andy Warhol.*

Na tela, o quadro Marilyn Diptych. *O ideal é que a sequência posterior ao verso* quatro e cinquenta –, deparou-se Mãe? *transcorra em 1'10"; e que a música prossiga até 2'08". Ref. gravação da London Symphony Orchestra, de 2011, conduzida por Valery Gergiev.*

Marylin Diptych *será substituído por dois trechos do filme* Francofonia, *de Alexandr Sokurov. O primeiro, entre 50'41" e 51'47", retrata a construção e crescimento do que é, hoje, o Musée du Louvre. O seguinte, começando em 57'10", mostra um detalhe do afresco* Venere e le tre Grazie offrono doni a una giovane, *de Botticelli: os rostos de duas Graças. Em 57'20", a imagem é congelada. Alguma voz ressonar-se-á por detrás da tela.*

Museu
4. Tempo

Na tela de vidro do computador, Tempo, *arquivo .docx recém-iniciado. Para quê? Título e subtítulo e duas frases, três. E o filme* Stop *(alugado,* on-line, *pela televisão), na televisão, imóvel. Francofonia.* Alexandr Sokurov. Сокуров. 2016. Arte contemporânea. Sobre arte concomitante a *Intrínseco, mas fora de cena* câmaras de gás. Arte concomitante ao holocausto. 1940. O *Musée du Louvre* em ocupação nazista. No Louvre ocupado, um afresco de Sandro Botticelli. *Safari. Google:* Fresco Botticelli Louvre; *este. Word. Venere e le tre Grazie offrono doni a una giovane.* No Louvre ocupado, um afresco sintetizando a sutil delicadeza. *Delete. Delete. E reescrevo:* u e m *e barra de espaço e* a e f *e* r et cetera. *Releio, em voz alta* Sintetizando a sutil delicadeza. *Mas delicadeza – de quê? De pétalas? Pergaminhos? Não. Em si: Delicadeza. E mais: potencializando a síntese.* Um afresco *O quê?* estrangeiro. *Deixa para sair, momentaneamente, de Sokurov. Maximizado o Safari, Google Maps.* Que percorreu cerca de mil e cem quilômetros. *Em?* 1882. Que *Divago* J'achète votre mur! foi vendido. *Una parete* italiana. *Como trasladar* una parete *Firenze–Paris em 1882? Google? Não: desimportante para o texto.* Villa Lemmi. 1483. Ou seis. Botticelli compenetrado. Haveria de estar. *Google:* Botticelli self-portrait. *Wikipedia.* Probable self-portrait of Botticelli, in his *Adoration of the Magi.* Voilà. Com os mesmos olhos *Arrogantes?* de seu hipotético autorretrato. Com o mesmo olhar superior. Analisando, elaborando o afresco. *Elaborando e reelaborando? Será? Escrever, deletar, reescrever; sete, oito, nove horas.* São Wed 11:18 AM. *Sokurov. Parágrafo Devo abordar a construção do Louvre? Emaranhar, ao texto, uma imagem de* Francofonia? *Uma imagem 1190, pedra fundamental, esqueleto Fortaleza, castelo para evitar invasões vikings. Letras e imagens e letras e imagens emaranhadas; uma distopia. Devo seguir rebobinando ou adiantar ao desconhecido?, ou* Stop *em 2012?, em setembro de 2012, vinte e sete de setembro de 2012, quando, pela primeira vez no Museu (desocupado: sem Hitler, sem Goebbels; a França já governada por Hollande), meus olhos Arrogantes? no afresco* Venere e le tre Grazie. Que, mais de meio milênio depois, emaranhará pintura e rachaduras *Determinadas pelo tempo?*: estilhaços, violência, lascas; ainda assim, potencializada síntese da sutil delicadeza. Ramificações, determinadas pelo tempo, determinando à pintura certa ressignificação – e talvez, no afresco, a formação espontânea de segunda obra –: delicadeza indiscutível, porém devastada e decomposta. *São* Wed 11:59 AM. *Almoçar? Divago As rachaduras, ruas bifurcando-se Rua, Rua; cidades avançando Ruas, Avenidas; territórios avançando Tentáculos, Rodovias; países avançando Cidades, Fronteiras. Divago O tempo esfaqueando geografias. Venere e le tre Grazie offrono doni a una giovane*, mais de meio milênio depois de sua elaboração. Registrado por Sokurov *Ao ser reproduzido* Francofonia *na tela de vinil da 72ª Mostra internazionale d'arte cinematografica di Venezia e, principalmente, ao ser reproduzido,* on-line, *na tela de* LED *da televisão, em São Paulo, na minha casa,* com ressignificação desdobrada, o afresco, *Inserir a primeira pessoa?, na frase final?* suponho *Inserir, no texto, as rachaduras?, asteriscos?, traços?, barras?,* / representa o tempo / divisor / devastando / e / decompondo / a / (/ pouca /) / deli / ca / de / za / que / há / na / hu / ma / n / i / d / a / d / e /.

Blecaute e a quinta sinfonia de Mahler retorna – mas no segundo movimento: Stürmisch bewegt, mit größter Vehemenz*; até 1'21".*

Uma roda para roedores é projetada na tela. Um relógio com ponteiros impacientes. Entra Suposto Mefistófeles.

Perseguição ———

——— Corremos na roda
em frente-infinito
em frente-infinito,

em busca dos corpos:
em frente-infinito
são corpos distantes;
em frente-infinito
e se distanciam
cada vez
mais,
em frente-infinito
para
trás.

Blecaute e começa a tocar Leonard Cohen: Steer your way; *em* loop *(entre 2'20" e 2'35": o trecho* Year by year, month by month, day by day, thought by thought*)* – *deslizando para um lento* fade out.

Uma sala cirúrgica. Pré-operatório. Um médico e, deitada, Camila (com o avental sobre o vestido).

Clandestino ————

———————— Até o *Site*:, lista irrelevante –

Nome: Sexo: Idade: CPF: *Religião: Naturalidade: Nacionalidade: Estado civil: Profissão: Grau de instrução: Nome da mãe: Endereço: Complemento: Telefone: Celular:* E-mail*: Site:* –;

até o *Site*:, nada se revela
(ressalva: o *Sexo*:, óbvio, Feminino) –

Cirurgias anteriores: Patologias anteriores: Alergias: Medicação ativa: –;

e nunca é necessária *Assinatura*
(aqui, nenhuma prova: nada existe);
é só contar, comigo, regressivo
(inspire, eu já falei, Tranquilo, inspire),
agora, Dez e nove e oito e sete
e seis e cin

Blecaute e começa a tocar Bob Dylan: Tempest*; a partir de 12'53", até o final.*

Nenhum cenário sobre o palco. Somente o globo luminoso: bola de fogo – porque seu brilho, desta vez, é vermelho. É a única iluminação. Entra Camila. Seu vestido de noiva, no ventre, está manchado de sangue.

Yoknapatawpha ——————

—————— Hálito árido.

Queime, celeiro;
ceife: madeira,
palha, forragem –

fumaça, fumaça; fogo,
alastre-se mil cidades.

Ruas em flamas;
prédios, igrejas.

Farpas em brasa,
bélicas,
ardam úteros férteis.

Ferva, placenta;
murche, fermente:

pó. Ferramenta
(já borbulhante, o líquido amniótico),
para suplício,

sugue, resseque
órgãos fecundos.

Queime – queimem, artérias –,
mórbido
móbile amargo.

Finda família:
pasta magenta

(escombros, desgraça, medo);
escorre, *vermelho escuro*,

cândido? sangue.
Rubro farrapo.
Queime, celeiro.

Árido móvito.

Blecaute.

O globo luminoso desapareceu; estão no palco: Suposto Mefistófeles (à direita), Fausto (à esquerda) e Camila (que foi, gradativamente, dobrando-se, encolhendo-se, durante o poema Yoknapatawpha, *no centro). Será que os personagens, de fato, estão no mesmo ambiente?*

Fausto
7. Soneto

S. Mef. Texto a texto – mais forma indefinida
Fausto Feito a chama que nunca se consome
S. Mef. Desde o híbrido âmago da vida
Fausto Ao externo conceito Isto, um homem

S. Mef. Sempre o próprio contexto forja o novo
Fausto Meu novelo; que, frouxo, desenrole
S. Mef. Desço à cova (imperfeita) e, chão, removo
Fausto Todo extremo sorvido em curto gole

S. Mef. Toda estrada, volúvel, tanto expande
Fausto Tanto espanto escondido em cada espelho
S. Mef. Quase dívida: verso *Angústia* e *Glande*
Fausto Velha dúvida: a quem me assemelho?

S. Mef. Texto a texto – mais luta; monta, espalha
Fausto Danos, linhas. São marcas de navalha?

Blecaute e o som de um incêndio crepitante.

Quarto. No canto oposto à cama, um berço vazio. Sobre o berço, o móbile descrito no poema Yoknapatawpha. *Iluminação vermelha. Entra Camila, com o vestido um pouco mais manchado.*

Aborto —

— Mórbido
móbile amargo –

giram babuchas
(*baby shoes,*
never worn);
giram chupetas
secas, intactas,
limpas, suspeitas;
giram brinquedos;
giram, em peças,
partes, efígies,
quebra-cabeças
Onde a criança?;
giram roupinhas
(calças?, vestidos?);
giram vestígios:
traços paternos,
marcas maternas;
giram fragmentos,
ecos d'um choro
preso no claustro
(tétrico abrigo:
pois, do endométrio,
fez-se mortalha);
gira, capenga,
gira, o *seria*,

círculo inerte
curto-circuito;
giram babuchas
(*baby shoes,*
never worn);
giram chupetas –,

queime. Comigo.

Blecaute e começa a tocar Wynton Marsalis:
Melancholia *(do álbum* Think of one*).*

Um rio corta o quarto. Globo luminoso com brilho vermelho, como no poema Yoknapatawpha. *Entra um barco, pela coxia, com Caronte remando.*

Aqueronte

Vai, bulindo, este fluxo d'água fúnebre,
vem, bulindo, esta polpa d'água pútrida,
cravo remos no ranço d'água rábica;
dia a dia: negrume denso, lúgubre.

Ai! Deixou-me esgotado, a Via Lúcifer.

Sob a língua, resguarde insulso óbolo;
seja Cara, Coroa – aqui, só cólera.
VOI CH'INTRATE, LASCIATE... E tremem, lívidos.
Vero: aqui, à paúra, dores sôbolas.

Ai! Cansei-me do esgoto Via Lúcifer.

Levo, busco; repito; explico Cérebro *You'll see a three-headed dog when we've crossed over. If you don't take any notice of him he won't take any notice of you.*;
margem, margem; repete, velho-máquina.
Mãos cobertas de calos, fino estômago;
masco o pão que o diabo, o mesmo, há séculos.

Ai! Destino maldito!, agouro!; gôndola,

barca: pedra, que empurro feito Sísifo –
rei, de raro retorno deste póstumo;
réu, enfim, sem recesso, rola o mármore
(diz a lenda) no Kwan-li-so do Tártaro.

Ai! Rotina!, repriso o curso, náutica;

doca a doca, arribar, baliza, bússola.
Mais covardes lamentos, berros, pânico.
Balde à boca: do casco, saco lágrimas
Guarde inútil chorar ao justo círculo.

Ai! Reclama, a coluna, Ofício mísero!

Não carrasco, vilão; apenas Prático. *Portitur has horrendus aquas et flumina seruat/ terribili squalore Charon.*
Bom latim, mas a ofensa faz-me cócegas:
fui descrito Mendigo por Vergilius? –
sabe quem transportei, depois? Vergilius.

Ai! Meus ossos reclamam fixa lástima.

Cá, recurvo-me um fraco arco apátrida;
meus moinhos persistem: mói, ciático;
moem, juntas – e pendem moles músculos;
pende, mixa, uma pica murcha, flácida.

Ai! Mulheres! Se, ao menos, eu necrófilo...

Foi Psiquê, revelando-se alma vívida,
que aceitou – sim, confesso: um ato bárbaro;
pois eu disse Moeda à volta?, inválido! –,
cada impulso que habita o membro mágico;

ai!, Psiquê, tal gorjeta foi-me a última.

Tão astuto. Recordo a sua túnica,
sua tez, suas hábeis mãos elétricas,
seu talento inerente, sua pólvora,
nosso orgasmo Gostou?; paixão recíproca.

Es! Estive na tenra lis do estímulo.

Se motel, se masmorra; viu-se a víbora –
no meneio dos feixes d'água fétida –;
só tratamos: o enredo, a torpe mácula,
fica absconsa, *uma estrela?*: ardil recôndito.

Ai! Estamos no arcano enclave lírico.

Sinto o quanto vacilo em tom nostálgico;
tolos pensam Delira, idoso lázaro.
Segue a rota. Navego estrita lâmina:
dois e meio por um; se nau, se féretro...

Ai! Rasgando metano e gás carbônico.

Desde Conrad, evito armar diálogos –
Kurtz, o Congo, *The horror!*; Jim e Patusan
(fogo-fátuo: da bruma, brilha um fósforo);
desde Marlow, qualquer José: patético.

Ai! Desvio da turba em torno. Tráfego!

Busco, levo: chinês vertido em vômito;
senta: sírio faminto, infante esquálido;
senta: gorda francesa, infinda pústula;
senta: inseto arrasado pela sífilis.

Ai! Defuntos! Sinal da cruz? É estúpido.

Senta: russa tossindo muco ácido;
senta: lânguido, leso, inglês decrépito;
senta: réprobo, reles morto árabe,
nu, penando, escorrendo pus do pâncreas.

Ai! Papalvos! Allah? Nem virgens ávidas.

Não. Osama Bin Laden veio. Cético?
Papa Bórgia, Farnese; Papa Hemingway.
Sob a língua, resguarde insulso óbolo –
servem rublos, reais, ienes, dólares...

Ai! Barqueiro banqueiro. O estoque: óbito;

jaz em fossa abissal, dinheiro náufrago.
Deus Caronte? Piada. Simples títere.
Cravo remos nas cascas d'água cáustica:
trás, bulindo, esta gosma d'água tóxica.

Ich!, barqueiro rumando: embarque cíclico.

Sai. Blecaute e começa a tocar The Tiger Lillies:
The storm*; em 43", trovões engolfam a música.*

O rio desapareceu. Entrará, primeiro Suposto Mefistófeles; depois, Camila (com o vestido ainda mais manchado: muito); e, depois, Fausto – que se ajoelha, no proscênio, de frente para a plateia.

Fausto
8. Tríptico (estéreis três trovões)

DA

Madame Sosostris
adentra, espirrando,
e declama
Aqui, sua carta:
o Nauta Fenício
– afogado.

Afaste-se, fraude!,
respondo (sem calma:
respondo com franco
sobressalto).

DA

Curetagem
A fala do – falso? – médico foi
"Tranquilo, pois vai ficar tudo bem";
Curetagem
o fato, porém: Camila Não sei
Camila não tenho sido Mas quem

DA

Curvo-me a ti, Jeanne d'Arc, Santa; peço nesta

prece Livra-me da infausta carcaça que porto *a capite ad calcem*. Curvo-me a ti, padroeira. Pávida, ela-Eu; mas pávido, ele-Eu, arrependo-me da vã procura por abjeta magia. *Dimitte mihi, d'Arc; dimitte mihi peccata mea*. E curvo-me a ti, Profeta, ancião, Τειρεσίας – tu, que latejas entre dois, Tirésias, que pulsas entre dois Tirésias –; peço nesta prece Diz-me o porvir: diz-me, cega sábia, cego sábio, se Charlotte (essa pluribeleza, mosaico-mulher, somatória dos ápices da história) embalar-se-á em meus braços.

Blecaute e começa a tocar Miles Davis e Hermeto Pascoal: Little Church.

Fausto ajoelhada. Assobio, trompete, piano e contrabaixo. A iluminação, disseminando-se lenta, parece aterrissar através de um vitral. Little church *prestes a expirar sua bronquite concludente – a (primeira) epígrafe do poema* Fausto 9. Mosaico *é recitada.*

9. Mosaico

Lesbia formosa est,
quae cum pulcherrima tota est,
Tum omnibus una omnis subripuit Veneres.

Mulher – Capitu Capuleti – pluribela,
d'or puro, lucente, le crespe chiome invade
seu rosto, de Helena, que mil navios propele;

cascata, entrelace de mechas, cachos vários:
de Laura (de Noves?), também de Laura Palmer,
também de Ifemelu e de ruço e ruivo náilon;

seu rosto comunga os formatos mais sagrados,
seu rosto articula sagrados com devassos,
tal qual Beatrice e Francesca superpostas;

Sabina e Tereza conjuntas, *tête-en-tête* –
la vie se retourne sur toi, qui a deux visages –
(na testa, o relevo de um micromapa, França);

da fronte, Lupita, florescem linhos, luzes,
a cera das têmporas, *La petite danseuse*,
resinas e orvalhos, orelhas-aquarelas;

contornam-lhe a face, de Lauryn Hill a Fanny:

a temperate lily, of Beauty, joy forever,
perfil Nefertiti – perfil Sabrina Guinness;

seu rosto suave, à *Pietà*, por Buonarroti,
que elEva zigomas (vetados), base às íris
de Elizabeth Taylor ou Sharbat Gula ou Hepburn;

nas íris *giocondi*-aderentes, dois cardumes
conduzem mutáveis pigmentos (pirilampos?)
ao cimo da espuma que eriça os cílios-zebras;

com cílios de Marilyn Monroe e circunflexas, ^
Monroe, sobrancelhas, Monroe, e pinta-ponto .
que, Vênus, levita intrincada à areipiderme;

difusa bochecha-Bardot: propulsa ao queixo
de Rachel McAdams, um queixo *Raised a little,*
as if she were balancing something Jordan Baker;

contínuo equilíbrio do espaço em volta, amorfo,
com *mercury mouth* e com *voice like chimes*, de Sara,
cantando – *like chains*, vociBillie – *Stormy weather*;

contendo um convite à luxúria, *blue* e oculto,
So lonely: sentido Ampulheta – grãos celestes –:
ao sul, Hébuterne, um pescoço longilíneo.

Sem Nós, evanesço.

Ich habe so viel,
und die Empfindung an ihr
verschlingt alles;

ich habe so viel,
und ohne sie
wird mir alles zu Nichts.

Pescoço-Escher torre
de , que exala confetes, dardos, fênix:
olor que produce ansiedad delírios vícios;

olor de Remedios la bella, que embarga,
provoca abstinência – perfume, um frasco ,
transcende embalagem, Richis – os
ombros

: prolifera indelével, seios braços
aninha-se às mãos da , feroz rainha
Cleópatra – -me, dedos , tênues;

flower-soft hands ou mãos pequenas
Nobody not even rain has such), dedos
sabem tecer cadarço meus sapatos;

eflui pelos seios castillos (- ,
seios – Penélope , *grand* e *maja* –
suspensos – Penélope, grega tant zelos;

prolifera-se o pólen, costas
Barcnacle Bloom *little fuckbird*
valsando Claud l bran bronze

do colo declive lascivo singra o pólen
(Freud andorin cóccix Mo vad)
nocometa afun umbig

mais nanoc ndado ao â
malícia mma Bovary con ista
cet ssível crezia na cest

b de rgias int b a uas
ia ova *close* olo
infest caule coxas

sã dinam t virilha ix
Din mene
c rn olh Th í *M nti* rley

m *ev* *ixã* nsã
t r ozelo
m sag s ma T urm

pé d Esm r l p aça

és çúc

Começa a tocar Franz Liszt: Mephisto Waltz n. 1, S. 514 *– que pode ser executada pelo pianista, da coxia. Entra Charlotte, silenciosamente; aproxima-se de Fausto, que, concentrada, nada percebe. Charlotte abaixa-se para envolver Fausto com os braços. Blecaute e a música segue até 2'53".*

Durante o blecaute.

10. Búria na aldeia global

DA

Trovão 11: Internet. Instantâneo-efêmero. Reprodutibilidade. A abrangência que limita e vice-versa. Fictício arquivável, íntimo. Prótese emocional. Hipermídia. Hiperágoras: macroegos e microalaridos. Tribal globalizado.

Burysntantrans bury (enterrar); буря (búria, tempestade). Instantâneo trans- (tras- ou tres-); instantânea transa.

Burynstantransatlantinterfanelarmaduralexsedlexxxotantautoexpaarghanismorganizaprivelocidanelarmawww!

Quarto. No canto oposto à cama, há uma representação do palco em miniatura; no palco em miniatura, uma representação do quarto. É o teatro dentro do teatro. Um ambiente preparado para Suposto Mefistófeles manipular um marionete de si mesmo (que está deitado na cama). No entanto, os cordéis do títere, brancos, sangrentos, saem – somente – de dentro de sua perna direita e de seu pé direito. Antes da encenação, Suposto Mefistófeles, à estante, vai lendo um dicionário Oxford. Entra o Coro.

Dicionário

nervo \ê\
s.m.
(SXIII)
1 *anat*
cordão cilíndrico
esbranquiçado,
formado por fibras
motoras e sensitivas,
que conduz impulsos
de uma parte do corpo
a outra
2 *fig.*
o que suporta as excitações
físicas ou externas
e as tensões interiores
da personalidade
(tb.us. no pl.)
<vive com os n.
à flor da pele>
3 *fig. infrm.*
força e firmeza

de atitude;
energia, pulso, vigor
4 *fig.*
força física;

Suposto Mefistófeles agacha-se e tamborila sua perna.

robustez, vigor
5 *fig.*
parte principal;
centro, essência, fundamento
6 *arq*
m.q. *nervura*
7 *enc*
cordão ou tira de pele
que atravessa
a lombada do livro

Ele tamborila algumas lombadas.

e que é costurado
sem serrotagem
sob o revestimento
da encadernação,
formando uma
saliência
8 *p.ext. enc*
saliência produzida
na costura da lombada
por meio de cordão
ou tira de pele
(em substituição
ao antigo uso
de nervos bovinos)

E deposita o dicionário na estante.

O poema Nervo *é interrompido, várias vezes, por gemidos e grunhidos de dor; cada interjeição coincide com uma puxada dos cordéis, levantando a perna do boneco.*

Nervo

Insufla-me o nervo, clamando Acorde

(Gregor Samsa,
no leito, confirma-se Gregor Samsa
De novo?, conserva-se Humano monstro

Нелюдей, мы все братья и Карамазовы);

fabrico inimigos, fabrico a fruta
maligna, maçã venenosa: trapos.

Tarô?, medicina?, Javé?; à merda!

Vara a perna:
cordão metamórfico, umbroso, pando,
motor-combustível, agente duplo;
mecânico aumento. Acidente. Bombas.

No leito, uma fôrma da nossa ausência.

Nesta casa,
meu vespeiro,
minha esposa,
Camila, Cadê? *ligações – e caixa*,
não me atura.

Нелюдей, мы все братья и Карамазовы.

No leito, as fragrâncias da nossa ausência;
lençóis impregnados: vapores gastos,
vencidos, suores dispersos, visgos,
misturas, calmantes, fracassos, planos.

Нелюдей, мы все братья и Карамазовы.

Moral purulenta, moral malhada;
por seu tribunal sem valor, comparsa.

Нелюдей, мы все братья и Карамазовы.

Нелюдей, мы все братья и Карамазовы.

Blecaute e começa a tocar Guizado: Toró*; em 59",* fade out.

O palco é um terreno lodoso. Entra Camila, coberta de sangue.

Cataclismo —

— *Decifra-me* Esfinge?, dadaísta?, musa?; noninguém
(Quem eu fui?).
Meu dentro confuso: caracol dentado – Guggenheim
(Quem eu fui?).
Persona: Voglalmas e Camilas; *hyperlinks* em nó.

Corrompem-me, raspas da pele –
devoro-me enquanto esfacelo;
anulo-me Ser e semente!

(Quem eu fui?)

Morre. Blecaute e começa a tocar Bach (arranjado por August Wilhelmj): Air on the G string *(por Anne Akiko Meyers).*

Do lodo, junto ao cadáver de Camila, despontam lápides. Uma pá fincada. Entra o porteiro do Castelo.

Réquiem ————

———— Identifique-se, o nome –
ou Indigente na rocha –;
abaixo, breve sinopse:
Amada filha Procede?,
esposa e mãe Negativo.
Nunca Mãe.
Camaleão *Aleluia*:
alternativa anulada.
Esfinge?, mero fiapo;
anatomia?, colapso
de antifaz.
Calidoscópio-limite
em crânio, fêmur, bacia:
sem matiz.
Há este enigma nas costas
Don't you ever stop
long enough to start?
(ainda Costas, ainda
Espécie); apenas enquanto,
espera o bote, repousa
minha pá.
Identifique-se, necro.

O porteiro começa a cavar – e começa a tocar Mozart: Réquiem em Ré Menor, K. 626, 1. Introitus*; (ref. gravação da Berliner Philharmoniker, de 1999, conduzida por Claudio Abbado) a partir de 44"*, Requiem aeternam dona eis, Domine,/ et lux perpetua luceat eis, *até, 1'50"*.

Rua – no meio do redemunho – Augusta. Entra Mefistófeles.

Fausto
11. Mefisto ————

———— Â–ão; ko-rrrrá-ssssão, korá, corassssão.
Progresso; passável, não?: coração.
Adapto-me bem. Até português!
(Pensar que escutei, oí, lá pr'atrás

Istos fiadores atan .v. annos que se partia de isto male q'li avem –

danados: eu cobro, si; rubricou?,
despacho quem compro ao cu do rincão.
E cobro em galego, em curdo, alemão

Der Zeiger fällt

[meu coice arremessa à lava, sem dó].

P'ra lábia tamanha, onde o liceu?
Na saia da bruxa Tassja, em Berlin;
metido no enxofre, atente-se aos sons
dos lábios de baixo: flatos fatais.)

Adapto-me bem às gírias É nóis,
demônios, em Sampa, alçando os anzóis.

Começa a tocar Tartini: Sonata para violino em Sol Menor, B.g5, Il trillo del diavolo: 1. Larghetto affettuoso; *em 1'24" (ref. gravação de David Oistrakh e Vladimir Yampolsky, de 1950), blecaute e o movimento segue até o final.*

Mefistófeles introduz a mão no traseiro – e retira um papiro encardido.

12. Dois mil e dezesseis

~~Octubre~~
~~Málaga, España~~
~~Mercedes Molina~~
~~dinero;~~

~~تشرين الثاني~~
~~دمشق، سوريا~~
~~بشار الأسد~~
~~حكومة:~~

~~Noiembrie~~
~~Cluj-Napoca, România~~
~~Adam Luca~~
~~longevitate;~~

~~November~~
~~New York, USA~~
~~Donald Trump~~
~~government;~~

~~December~~
~~Norwich, UK~~
~~Wendy Johnson~~
~~freedom (paradoxical);~~

Dezembro
São Paulo, Brasil
Fausto
sexo.

Temporal. Mefistófeles, sob um alpendre, dá corda em seu relógio de bolsânus. Começa a tocar Adrian Leverkühn: Dr Fausti Weheklag.

Entra Fausto, que, melancólica, vai passando reto por Mefistófeles – mas é abordada.

13. Pacto

Fausto?
– Quem é você?
– Tens horas?
– Quem é você?
– Tanto a mensagem *Teu desejo*, quanto o meio.
– McLuhan.
– Ah!, és leitor.
– *A*: leitor*a*.
Pai fazendeiro, rico, otário, cabra macho,
deu-me a lição
Tó'uma'fessora, estuda. Sim: caderno e carne.
São treze.
– Cabra também?
– Deu-me a lição Daqui só vem zunir de balas.
Fui. Mas não sou.
– Mas podes ser;
qual *Vie d'Adèle*: e Lotte inclusa à conta, à casa.
– Rá! Lotte?
– No Sumaré.
– Filho da mãe!
– Ser *o* leitor.
– Quem é você?; meu nome, Lotte, o bairro. Porra!
– *Procuro à lupa – eras; agora, quem diria, estamos flanco a flanco.*
– Deus! Cristo!
Não creio!
– Deus?: empresário: adquiro, entrego; rodo a bolsa
(goza, cachê),
Wall Streenfernal.

Cristo?: Canhoto, Sujo, Demo, o O, Mefisto,
muito prazer.
– Não, não e não:
não creio.
Jeanne d'Arc e nem Tirésias, nem Tinhoso: inábeis
ou parcos;
tanto apelei,
tanto apelei,
para Incapaz.
Ei!, onde nós?
– Teletransporte: Augusta–Zona Franca-Abjeta;
zona, bordel.
Na encruzilhada.
Vê minha pata; e corno; e rabo(s: fachos-fezes).
– Ui! Escolada em truque. Engano-embuste, isolo!
– Do *silver tongued*?
Nada. Lorotas são rasteiras, são medíocres;
cumpro: efetuo. Gelo-seco; e jeba-sexo.
– Que me sucede?: algum volume estufa!: pênis!
Hirto! Varão!
– Entra!, mulher; disposta, nua, pluri-: tua.
– Lotte! Ilusão?
Lotte!: é real!
– Cumpro: colhões.
– Lotte!, galguemos: brota, em Tubo, a Via Láctea.
– Três, dois, um *e*
pluft: acabou.
– Lotte? Ele-Eu!
Volte!, ... acabou?
– Só antepasto. Assine, *tinta vem do pulso*;
dela, o papel
de Cortesã
(delx, o papel
de Cortesñ).
Crês, Fausto, em mim?
– *Had I as many souls as there be stars, I'd give*

them all to Mephistopheles.

– *Mehrwert* (juros, lucro, renda) é jus, queridx.

– Cedo-me a Vós!

– Um bisturi?

Blecaute e começa a tocar Leonard Cohen: String reprise / Treaty.

I wish there was a treaty we could sign.
It's over now, the water and the wine.
We were broken, then; but now we're borderline.
And I wish there was a treaty,
I wish there was a treaty
between your love and mine.

blood of the blood and the cell of the cell

sangue do sangue e a c

élula

ela

S. Mef. Texto a texto – mais forma indefinida

No poema *Fausto 7. Soneto*, Suposto Mefistófeles fala – sozinho – a respeito do processo criativo, narrativo, do livro *Identidades* (de sua relação entre forma e conteúdo); ao passo que Fausto fala – sozinha – a respeito de seu corpo, sua sexualidade, sua identidade. Intercalando os versos dos monólogos, porém, da maneira que o poema é apresentado, forma-se um soneto (o qual, ignorando as indicações de fala, também pode ser lido independentemente). A pontuação ao término de cada verso foi excluída (exceto interrogações) – porque é variável, de acordo com as três possibilidades de leitura.

Fausto Feito a chama que nunca se consome

Madame Sosostris
adentra, espirrando,

– T. S. Eliot, *The Waste Land*
Madame Sosostris, famous clairvoyante,
Had a bad cold, nevertheless,
Is known to be the wisest woman in Europe,
With a wicked pack of cards. Here, said she,
Is your card, the drowned Phoenician Sailor,
(Those are the pearls that were his eyes.

– William Shakespeare, *The Tempest*
Full fathom five thy father lies;
Of his bones are coral made;
Those are pearls that were his eyes;
Nothing of him that doth fade
But doth suffer a sea change
Into something rich and strange.

Look!)
Here is Belladonna, the Lady of the Rocks,
The lady of situations.

e declama
Aqui, sua carta:
o Nauta Fenício
– afogado.

Um dia de abril – April is the cruellest month –, *13h.*
No rio que corta o palco, o barco de Caronte ancorado.
E Caronte em pé.

Epílogo: dois mil e oitenta e quatro

Desde Conrad, evito armar diálogos –
mas convinha (tão perto impõe-se o término;
que nas tripas, tornados, iras gélidas)
a conversa, em percurso pré-catástrofe.

Ai! Viagem selante: cessa o Cíclico.

Senta: coxo; da ficha *Zero escrúpulo,*
consta *Infarto em trepada, causa transitus.*
Como? Infarto em trepada? Aposto em pílula.
'Não,' replica o senil, 'Vigor maiúsculo.'

Ai! Selando, um real; cambaio trôpego...

Rude azar: falecer em colo pécora,
sem fulgor; provoquei. Ternura ínfima.
'Nada disso,' replica, 'Ninfa-dádiva.'
Cão vadio! Atrevido! Uivando súplice?

Ai!, gemia, o finado, Ais longuíssimos.

'É a perna,' ele disse, 'O pé fatídico,
pé que arrasta caixões de ratos – décadas.'
Eu?, com pretos caninos, ri frenético;
Levo gente há milênios: *omnis* áspero.

Ai!, gemíamos longos Ais uníssonos.

Pobre verme – contive a verve cômica.
'Bom Caronte,' indagou-me, 'Pelas épocas,
quem, de papo, das letras, foi o máximo?
Púchkin? Dante? Montaigne? Shakespeare?
Ésquilo?'

Ai! Homero, entoando a linda *Ilíada* *Μῆνιν ἄειδε, θεά,*
Πηληϊάδεω Ἀχιλῆος – ὧς οἵ γ' ἀμφίεπον τάφον Ἕκτορος ἱπποδάμοιο.

'Houve Homero, portanto!: mestre unânime;
bardo pai, escultor de mitos: Ítaca,
Troia, Zeus, Odisseu, fiel Penélope.'
Sim; o *show*, imbatível. Canto épico.

'Ai! Poeta! Primeva seta! Ídolo!

Talho, rasto, de Ulisses?, tenho inúmeros:
fui o meu javali', falou, simbólico;
'Trilhas sem direção: maranho zíperes
nesta perna impotente, inflada; cárcere.'

Ai! Melhor resistir, brinquei, A Nêmesis:

sai vingança à culatra e sai famélica;
diga, honesto, resuma – doble dístico –
seu vivido; valeu o imundo acúmulo?:
búrias, breus, traições, *Mentiras*, pêsames.

Ai! Recuse a proposta... invoco Nêmesis!

'Certo: em suma: é enorme a fila pérfida;
cru defeito amarrou-me às cordas: títere;
torto aborto roubou-me filho e cônjuge;
só me orgulho da escrita: esforço físico.'

Ai! Recluso, imagino; a Terra: um cômodo –

sou reflexo, colega; em molde idêntico,
sou boneco atrelado à barca cênica.
'*Oui*, recluso; porém, bebi do Atlântico,
tantos mares – Macau: vaivém, o pêndulo –,

ai!, ou *pá*. Subsequente, o mal das células.

Mais: abutres rondando, em núpcias, óvulos.
Meus abutres. Então cingiu-me, a cápsula.'
Pronto: fluido Infortúnio, oposto pêndulo –
busca, leva –, concluso; doca próxima!

Ai!, assim avisei, Percebe o frêmito?

(Sofrem gregos, troianos; *semper* ínterim.)
Rente ao cais, ele inflama os olhos líticos
'Três cabeças, constato, encaro Cérebro!' *If you don't take any notice of him he won't take any notice of you.*
'Bom Caronte, obrigado; siga acrônico.'

Ai! Pretendo empossar-me Livre-árbitro;

dar sentido ao relógio... instar propósito.
Não lhe importa, no entanto. Enfrente o místico!
Saia à súcia – mandei, ! aceno enfático –,
Vá juntar-se a Camões, Petrarca, Sófocles.

Ai! Transforma-se em ponto enquanto, sórdido,

cravo remos em brônquios d'água asmática;
vim, sozinho, remando a Via Lúcifer,
à terceira paragem. Eis-me prófugo.
Nem escrava-nereida, nem *Lusíadas*;

ai!, salvar-me?

Tampouco.

Sea Venture, 1609;
Birkenhead, 1852 *But to stand an' be still to the Birken'ead drill is a damn tough bullet to chew;*
Titanic, 1912;
Doña Paz, 1987;
———, 2084.

Superlote-se, margem.

Vim, sozinho,
capitão suicida
(*once in a while we can finish in style*)
beber –
e não *beber*,
figura de linguagem –
d'água viscosa, infecta.

Superlote-se, margem.

Marionete, refém,
do quê?,
de quem?

Down with Big Brother.

Telescreens, Thinkpol,
Godspol, Vaporize;
descarontizar-me.
Down with Big Brother.

Who in the name of thunder'd ever belevin I were this bolt?:
Burynstantransatlantinterfoda-se!

Refém?
Über-Ich! –
meu Eu-javali
crava remos
down!,
drown with Big Brother
na barca
drown!
dois e meio por um.
Es bu ra can do;
às tábuas, cáries!
Inunde-me, tsunami,
Aqueronte,
em fúria!,

finis.

São Paulo, 24/8/2015 – 13/1/2017

Direção editorial SIMONE PAULINO
Projeto gráfico BLOCO GRÁFICO
Assistente de design LAIS IKOMA
Revisão JORGE RIBEIRO

Dados Internacionais de Catalogação na Publicação (CIP)
(Câmara Brasileira do Livro, SP, Brasil)

Munhoz, Felipe Franco
Identidades: Felipe Franco Munhoz
São Paulo: Editora Nós, 2018
176 pp.

ISBN 978-85-69020-31-8

1. Literatura brasileira 2. Romance I. Título.
CDD-869.89923; CDU 821.134.3(81)-31

Índices para catálogo sistemático:
1. Literatura brasileira: Romance 869.89923
2. Literatura brasileira: Romance 821.134.3(81)-31

Rua Francisco Leitão, 258 – sl. 18
Pinheiros, São Paulo SP | CEP 05414 020
[55 11] 3567 3730 | www.editoranos.com.br

Fonte
ADELLE